プラチナ文庫
Platinum Label

激愛・プリンス
〜愛と裏切りの軍人〜

あすま理彩

"Gekiai・Prince ~Ai to Uragiri no Gunjin~"
presented by Risai Asuma

プランタン出版

イラスト／かんべあきら

目次

※本作品の内容はすべてフィクションです。

なぜ、あのようなことをしたのか。

会えばそのことを、まずラインハルトは訊《たず》ねるつもりだった。

幼なじみとして、そして大人になってからは親友として気を許していたのに、その信頼を、ルドルフは最低な方法で踏みにじった。

たった、一度だけ。そのたった一度で、ラインハルトは身体に、彼の刻印を刻みつけられた。

ラインハルトの信頼に、彼は最大の裏切りで応《こた》えたのだ。

和平交渉。その場に、ラインハルトは向かう。表情は冷然として一切変わらない。まるで冬に咲く氷の薔薇のように冷静そのものだった。

「あちらが…ローゼンブルグの王族の」

「さすがに凜々《りり》しい方だ。このような場所に殆《ほとん》ど共《とも》も連れずに来て、動揺は一切見られない。緊張一つされず、冷静そのものだ」

「あのクールな瞳、周囲を凍りつかせるように冷たく印象的だな」

ラインハルトが交渉に使用される応接室に向かって進めば、周囲からラインハルトの容姿に対する驚嘆のざわめきが起こる。コツ…コツ…と革靴が大理石の床を踏みしめる音が静粛な場所に響く。

彼らが言うとおり、ラインハルトの長身には、軍の正装がよく似合った。交渉の場に進むために、着用したものだ。ラインハルトは背がすらりと高く、ベルトで引き締められた腰元が、彼のスタイルの良さを際立《きわだ》たせている。黒の詰襟《つめえり》に、襟章がつく。固い鍔《つば》付きの帽子を被《かぶ》ったまま前に進む。腰にはサーベルを下げている。

真《ま》っ直《す》ぐな黄金の前髪、襟足は短く切り揃《そろ》えられている。切れ長の、意志の強そうなアイスブルーの瞳。それは深く濃い色のサファイアを思わせた。煌めく眼光が鋭い光を放つ。引き締まった腰つき、それは軍の正装をしているからこそ、禁忌《きんき》の情欲を匂わせる。男らしく凜《りん》とした姿であるほどに、その美しく氷のようにクールな美貌はアンバランスで、危うい色気を醸《かも》し出す。

和平交渉が行われる謁見《えっけん》の間に進んだのは、ローゼンブルグからはラインハルト一人。周囲を取り巻くのは、今まで敵として戦ってきたライフェンシュタインの人々だけだ。ラインハルトに同行した部下たちはすべて、謁見の間から遠い場所に、控えさせられている。謁見の間の入り口まで同行を許されたのは、ラインハルトの腹心のハンスだけ。彼は武人らしからぬ可愛《かわい》らしくたおやかな容姿の持ち主だからこそ、戦力にはなりえないだろうと許可されたのだ。けれど彼も、交渉の場からは遠い入り口に跪《ひざまず》かされたままだ。

何かあってもすぐには、誰もラインハルトを助けには来られない。

……おかしい。これはどうしたことだ。

和平交渉ならば、対等なはずなのに。ラインハルトは一瞬、不審気に眉を寄せるが、すぐにそれを消す。

周囲に誰一人味方のいない場所、そこに一人進んでも、ラインハルトは表情を変えることはない。

たとえ、本当は胸の痛みを抱えていても。

(見せる、ものか)

絶対に。

間もなく、調印の相手であるライフェンシュタインの王の元に着く。

調印台の前で、彼は待っているだろう。

身体の奥、誰にも言えない芯《しん》が、熱を帯《お》びる。

――なぜ。

今でも、思う。

なぜ、自分にあんなことをしたのか。

戦いが始まり、彼とは敵と味方に別れ、もう二度と会えないと思っていた――…。戦いは人の命運を引き裂く。それが、恋人同士であったとしても。

深い困惑と、謎がひしめき、ラインハルトの心を乱れさせる。

けれどあくまでも、ラインハルトは気高く凛々しいローゼンブルグの王族としての姿で、交渉の場に臨む。隙は、見せない。

カッ…。ブーツの音が止まり、ラインハルトは両足を揃える。

踵《かかと》に仕込まれた「もの」が、ラインハルトの緊張を増幅させる。

仲の良かった幼なじみ。

その彼が今、敵となって目の前にいる。


ヨーロッパ列強を巻き込んだ大戦も終わりに近づき、各国はこの戦いの後始末に入っていた。

ローゼンブルグはライフェンシュタインの敵となり、戦った。

どれほど親しい友人であっても、祖国が違うというだけで、敵味方に別れる。一瞬にして。

「ローゼンブルグのラインハルト殿です」

側近《そっきん》がラインハルトを紹介する。つばの下から彼の姿をちらりと眺める。遠くにいる彼に気づき、ラインハルトは帽子を脱いだ。脱いだ帽子を、羊の革手袋を嵌《は》めた掌《て》で、脇に抱える。羊皮は柔らかく、銃を扱いやすい素材だ。

「ああ。そうだな」

（……っ！）

ラインハルトの咽喉《のど》が緊張に鳴った。ゴクリ、と唾を飲み込む。ルドルフだ。あと少し、前に足を踏み出せば、彼に会える。ラインハルトの左右に、ルドルフの部下たちが作っている人壁、それを抜ければ、その先にルドルフがいる。

低い声が、周囲に響く。途端《とたん》に辺りは静まり返り、彼の声に聞き惚《ほ》れたようになる。

相変わらず、いい声だ。甘さはないが、厳しくて深い、実直そうな声だ。

…その声が、吐息と共にラインハルトの耳朶を甘噛《が》みし、熱い吐息を送り込んだひとときを、覚えている。身体を重ね合った。そこには言葉も甘さも、何も存在しなかったけれども。

ただ、身体を重ねただけ。けれど、ラインハルトを穿《うが》った杭は熱く雄々《おお》しく、猛々《たけだけ》しい欲情を示し、彼を支配した。

そして、彼はラインハルトの元から去った。

（もう、過去のことだ）

戦いに身を置く軍の服装に身を包み、周囲を圧倒するほどの凛々しい容姿を持ちながらも、その身体に男の楔《くさび》を受け入れた経験があるとは、誰も思わないだろう。

ラインハルトの肉襞は、最初は硬い反り返ったものを拒《こば》みながらも、次第に蕩《とろ》け、突き上げられるうちに柔らかく解《ほぐ》れ、太いものを包み込んだのだ。

『あ、ああ…っ…！』

彼の逞《たくま》しい腰使いを、今でも覚えている。挿入され続けた間、押さえつけられた太腿には、彼の指の痕《あと》が、くっきりと残っていた。内壁を走るぞくり…とした感触に、ラインハルトは背を震わせた。彼を見ただけで、痺《しび》れるような官能を、呼び覚まされる。彼と抱き合った時間は卑猥《ひわい》で、淫靡《いんび》で、情熱的で愛しくて――忘れられない。

意志を無視して抱いた彼を、許せないとも思った。けれどそれきり彼は帰国の途に着いた。

もし弁解してくれたら。何か理由があったのだと告げてくれたら、許してしまえたかもしれない。そしてもう一度、彼の腕の中で蕩け合って。

『はぁ…っ、あっあっあっ…あああっ…！』

肌を痺れさせる快感が走り、軍装の下で、ラインハルトは下肢を疼《うず》かせる。そして、その奥の淫《みだ》らで柔らかな蕾も。

ライフェンシュタインの元首、ルドルフは既に着席していた。

（ルドルフ…！）

久しぶりに彼の姿を見て、ラインハルトの胸に込み上げたのは懐かしさと、彼に対する……。じわりと胸が熱くなる。再会の喜びに、浸《ひた》りそうになる。

あんな酷《ひど》い別れ方をしたのに、まだ彼に未練《みれん》を持ち続けていたのだろうか。

信じていた気持ちは、そう簡単にはくつがえすことができない。

会いたかった。どれほど酷い目に遭《あ》わされたとしても。

幼なじみであり、親友であり、彼のことを大切な人だと…ラインハルトは思っていた……。

だから、彼が姿を消しても、何か事情があったのでは、そう思う気持ちがまず浮かぶのだ。

彼にも、懐かしい気持ちが浮かぶのではないかと、期待した。でも。

「ラインハルト殿。どうぞ、そちらの席へお着きください」

（……っ…）

ルドルフは慇懃《いんぎん》とも言える態度で、ラインハルトに言った。そこには、何の恋情も浮かばない。

単に事務処理を済ませるような、固い口調だ。用件のみだけの、事務的な仕草《しぐさ》を向けられ、ラインハルトは困惑する。

あんな…酷いことがあったとはいえ、それまでの自分たちは、幼なじみであり、親友だった。

なのに、久しぶりの再会は、酷くそっけない。

こんな再会を、自分は期待していただろうか。

和平交渉にラインハルト本人が出向いたのも、ルドルフに会えるという期待が、わずかながらもあったからだというのは否めない。

深い困惑と同時に、傷つく気持ちを味わう……。それは、表情には見せなかったけれども。

ラインハルトは、席に着くルドルフを見つめた。

彼を取り巻くのは、この国でも支配階級に属する人々だ。大臣、軍の上層部、特に軍の人々は鍛《きた》え抜かれた体格に、研《と》ぎ澄《す》まされた雰囲気を持つ。だが、そういった人々に囲まれていても、ルドルフの存在感は際立つ。

黒い髪、寡黙《かもく》そうな印象、そして一睨《にら》みで相手を強張《こわば》らせる迫力のある双眸《そうぼう》、寄れば切られるような迫力は、以前から変わってはいない。

その姿を見る限り、自分たちの間に、もう数年の隔《へだ》たりがあるとは、とても思えない。

肉厚の口唇が、不敵に笑んでいる。その口唇が、ラインハルトの肌に落とされた、何度も。思い出せば、身体の芯が熱くなる。淫靡な戦慄《わなな》きに、身体を支配されそうになる。

ラインハルトが姿を現した途端、周囲の視線はラインハルトに注がれる。

同じような軍装に身を包んでいても、ラインハルトには華がある。周囲を照らし、思わず目を引きつけられてやまない、華やかさだ。

だが、ルドルフは違う。

同じように凛々しい印象を与えても、彼はその存在自体を抑えつけているような印象を与えた。それは彼の、王位継承権から遠かったという生い立ちによるものかもしれない。

けれど、彼は王位に就《つ》いた。

そこに行き着くまでの血なまぐさい争いは、ラインハルトの耳にも届いている。

(彼に、権力欲があるようには、見えなかったが)

なぜ、彼は無理をしてまで王位に就いたのだろう。彼らしくない、強引さだ。

強引さといえば、最後、二人が別れる前にラインハルトの身体を貫いた杭、その行為も、酷く強引だった。

ラインハルトがルドルフを見て胸を痛めているというのに、ルドルフのラインハルトを見る目には、何の表情も感情も浮かんではいなかった。それどころか、ラインハルトが一人連れ出され、席に着こうとするのを、ふてぶてしい態度で見つめている。馬鹿にされているような気がする。彼の態度は、ラインハルトの不快さを煽《あお》った。

二〇人は掛けられる長テーブル、それが奥の玉座に向かって縦に長く置かれ、上座にルドルフが着いている。その対面の下座が、ラインハルトの席だ。

彼との距離が、遠い。

部屋に通されたときからの違和感を、改めて感じる。

通常、和平交渉は各々《おのおの》対等な立場であることを強調するために、横に並び行うはずだ。

(だが、これではまるで、降伏《こうふく》宣言のようではないか)

下座に着くことは、属国に落ちることを示す。

通常、和平交渉ともなれば、外相が気を使うものだが、ルドルフはこのような席次を承《しょう》諾《だく》したのだろうか。

彼ほど頭のいい男ならば、気づかないわけがないだろうに。

「さっさと済ませましょう。後はサインをするだけにしてある」

「なに……」

ラインハルトは絶句する。

ルドルフの口調には、命令と横柄《おうへい》さが滲《にじ》んでいる。

（――っ……！）

ラインハルトは衝撃を受ける。自分の知る彼は、こんな態度を取るような人ではなかった。

嫌味で、人を心から馬鹿にしきった表情、その態度が、ラインハルトの胸に突き刺さる。無礼《ぶれい》に憤《いきどお》りながらも、ラインハルトは席に着く。むっとしつつも、傷つく気持ちを必死で抑えつける。かつては親友…とも思っていた相手に、つれなくされるのはつらい。

ラインハルトだけが、彼を見て懐かしくて、昔の感情を思い出し、一人傷ついていた。

でも、ルドルフはラインハルトを抱いたくせに、ラインハルトを見る目には、感情も見られないのだ。それどころか、この再会を疎《うと》んでいるような気配が窺《うかが》えた。

ラインハルトは気持ちを逸《そ》らすように、テーブルの上に目を向けた。

交渉、と言いつつ、既に調印の準備が調えられているのは話が違う。

しかも、置かれた文書に目を通し、ラインハルトは驚く。

「どういうことです?」

『ローゼンブルグは、終結における条件として、今後その国土を明け渡し、ライフェンシユタインの命令に従うこと』

「ふざけないでくれませんか？」

これは、和平ではない。すると、ルドルフは平然と言い放った。

「国力の違いは歴然《れきぜん》としている。なのに対等な立場で交渉ができると思っていたんですか？　まさか、そんなことはないでしょうね」

おめでたい奴だと言いたげな、態度だった。

ラインハルトは立ち上がる。ガタ…ッと椅子が大きな音を立てた。

激しい緊張が走る。一気に高まったそれに、部下たちが顔を強張らせ、息を呑む。

すぐに左右から、ラインハルトの両肩にライフェンシュタイン側の配下の掌が掛かる。

「ラインハルト殿…っ！」

「無礼な真似《まね》をするな。離せ」

冷やかに、ラインハルトは言った。

押さえつけられずとも、ルドルフまでは遠い。危害を加えるとでも思っているのだろうか。

(和平の場で、…馬鹿馬鹿しい)

普段ならば、こんなふうに二人がかりで押さえつけられても、ラインハルトの力ならばやすやすと振り解けるはずだった。

その力はきっと、目の前で悠然《ゆうぜん》と着席したままの、ルドルフも知っているだろう。ラインハルトに掛かったままの部下の腕を、ルドルフも見ているだろうに、彼は何も言わない。

押さえつけられたまま、テーブルの端に泰然《たいぜん》といるルドルフを睨みつける。

手を伸ばしても届かない。

これが、今の自分たちの距離なのだろう。

「離してやれ。これだけの人数に囲まれて、敵《かな》うわけがない。敢えて暴れるほど、馬鹿じゃないだろう?」

ルドルフの命令が部下に下される。部下は渋々といった様子で、肩に掛けていた掌を離した。

一見ラインハルトの立場を尊重したように見えながらも、その実、その言葉はラインハルトに対しての抑止力を伴《ともな》った、脅《おど》しだった。

「ずい分、ご立派な教育をなさっているんですね」

ラインハルトも、ルドルフに対する言葉使いを改める。慇懃すぎて無礼になるのが分かっていて、その口調を向ける。以前は、一度も向けなかった口調だ。

大きな隔たりと、距離感を感じた。

部下の非礼は上に立つものの責任だ。

「そうですか? いきなり殴りかかろうとするよりは、礼儀正しいと思いますよ」

ラインハルトはむっと不快さを露わにする。

躾《しつけ》がなっていないと揶揄《やゆ》すれば、ルドルフは不敵に笑んでいた。

それは、ラインハルトが見たことがない表情だった。

以前は寡黙ではあっても実直そうで、感情表現は豊かではなかったが、こんなふうにふてぶてしい態度を取ることなどなかった。けれど、不敵であっても堂々としたその態度は、今までとは違うルドルフを見せ、また彼に似合ってもいる。

「あなたのような小国の王子に、私が会ってさしあげただけでも、光栄なことだとは思いませんか?」

周囲の部下も、下卑《げび》た笑いを浮かべた。

嘲笑が、ラインハルトを取り巻く。

(何だと?)

ぎ…っと、ラインハルトは奥の歯を噛み締める。

腹の底が熱くなり、握り締めた拳《こぶし》に、力が入るのが分かった。だが、ここで彼の挑発に乗ってしまうわけにはいかない。

ラインハルトは一人ではない。その行動には責任が伴う。自分一人だけが、貶《おとし》められるならいい。けれど、国を揶揄されるのは、そこに生きる人全体を馬鹿にされるのと同じだ。自分一人だけならば、何を言われてもいい。でも、そこにいる人を馬鹿にされるのだけは、許せない。国の人々の名誉を守るために、ラインハルトは怒りを漲《みなぎ》らせる。

悔しい。絶望と怒りに、目の前が真っ赤に染まる。

「小国か否かは関係ないのではありませんか？　一つの国としては対等ですよ」

一人の人間としても。ラインハルトは言い返す。

人は優劣をつけたがる。それは大概、比較対象を伴うことが多い。でも、大抵その優越感は自己満足に過ぎない。そしてその優越感は、実は自分の弱点に繋《つな》がる。無視できる存在ならば、優越感を感じる対象とならないからだ。また相手に勝てるものがないとき、あえて人は自分が優位に立てる条件を、粗を探すように見つけ出そうとする。

その相手は、気にもしていないことが多いのに。

大国か小国かなどで、ラインハルトは自分を卑下したこともなければ、相手を侮《あなど》ったりするつもりもない。

ルドルフが侮蔑《ぶべつ》しなければ言わなかった言葉を、ラインハルトはあえて口に乗せる。

「大国、ですか。そういえば、国自体の大きさを、ご自身の大きさだと、勘違いしている方はいらっしゃるみたいですよ。成り上がり、卑怯者《ひきょう》、そういった人に多い傾向だそうです。国や背後の権力がなければ、何もできない。ご自身の魅力で、勝負されればいいのに。一旦組織から離れれば、そういう方は誰にも相手にされないそうですよ」

それが誰を指すかは、言うまでもない。

その意図に気づき、ルドルフはラインハルトを見つめた。

ぴしり、と二人の視線がぶつかり合い、激しい火花を散らしたような気がした。

二人の間に走る緊張に、周囲が押し黙る。

もうそこに、先ほどのような、つけ入る隙は与えられない。

本来なら、相手を傷つける言葉は、ラインハルトは一切吐かない。しかし侮蔑を向けられて黙っていられるほど、大人しい性質もしていない。ラインハルトが普段しない真似を向けるのも、相手がルドルフだから。

しかし軽蔑を向けても、ルドルフは反応しなかった。

肩透《す》かしの気分と、…彼を傷つけなかったという安堵《あんど》が込み上げ、複雑な心地にラインハルトはなる。

「そんな態度を取ってもよろしいんですか？　あなたを殺したいと思う人間が山ほどいる

場所で？　和平の調印が済んでいない以上、まだあなたとは敵同士なんですよ」

敵同士。物騒《ぶっそう》な言葉がラインハルトの胸を抉《えぐ》る。

「そして、再び戦火を引き起こすと？　ずい分馬鹿らしいことを、考えられるものだ」

ラインハルトは鼻を鳴らした。

「そうですね。ローゼンブルグの国力では、これ以上戦争を続けるのは難しいでしょうね。大人しく降伏したほうが得策《とくさく》でしょう」

「和平だ」

「和平にするつもりはありませんよ。あくまでもこちらが有利なのに、ね」

ルドルフは国を潰《つぶ》せと、ラインハルトに迫るのだ。

「あなたが、サインするだけだ」

白い紙が、妙に眩《まぶ》しく反射する。

サインをすれば戦いは終わる。だが、国も失う。

祖国のために戦った男たちの魂を、どうして無にすることができるだろう。

「それはできない」

ラインハルトは絶対に首を縦に振らない。

「それでいいんですか？　あなたの意地で新たな血が流れるかもしれないのに？」

「流させるものか」

対話は会話にもならず、平行線を辿《たど》る。すると、ルドルフは言った。

「あなた自身が血を流すことになっても？」

彼の口調が脅迫めいた響きを帯びる。ニヤリと口の端を上げた表情には、甘さを削《そ》ぎ落としたぞっとするほどの凄味が走る。

恫喝《どうかつ》めいた言葉を、さらりと吐かれるほどに、それは恐ろしさを増した。

びくり、とラインハルトの身体が竦《すく》んだ。血を流す、ルドルフがラインハルトを傷つける。彼の杭に、傷つけられた過去を、ラインハルトは覚えている。

きっと、その言葉は嘘ではないだろう。そして今度は、甘い快楽など何もない行為で、ラインハルトは彼に傷つけられるのだ。ナイフか、銃か、それとも。

冷徹な瞳が、ラインハルトを見つめている。

恐ろしい、男。

咽喉元に恐怖が込み上げる。ぞっと背筋が強張り、激しい恐怖が突き抜けた。

彼を見て、怖いと思ったのは初めてだった。恐怖に表情が強張る。でも、弱味は見せない。

冷やかにルドルフを見下げ果てる。ルドルフは冷笑を浮かべるのみだ。

(誰だ？　これは)

今ここにいる男を、自分は知らない。

ラインハルトの知るルドルフは、ぶっきらぼうで不器用そうながらも、真の思いやりと優しさと温かさを感じられるような、そんな男だったのだ。

「私は国を売るくらいなら死を選びますよ。あなたになど、国を渡せるものですか。たとえ、あなたに殺されたとしても」

本当に交《か》わしたかったのは、こんな言葉だっただろうか。

違う。

咽喉元まで突き上げる衝動を、ラインハルトは呑み込む。

確かめたい。なぜあのとき、あんなことをしたのか。

もう二度と会えないと思っていた男に会えたのだから。敵味方に分かれ、もう二度と会えないと覚悟した時、それはどれほどの痛みを、ラインハルトに与えただろうか。

(この場所に、この男に、何を期待していたのだろうか)

こんな最低な男に。これがこの男の本性だったのだ。

数多くの兄たちを押しのけ王位に就き、そして今は、国益《こくえき》のために小国を潰してもいいとすら思っている男。

馬鹿な自分を呪いそうになる。

真実が分かるかもしれないと、わずかな、期待すら持っていたかもしれない自分に。

相手がルドルフなのだから、和平交渉でも平和裡《り》に進められるだろうという甘えが、自分の中のどこかに、なかっただろうか。

ルドルフが本当に酷い真似を、自分にするはずがないと。

自分が交渉に臨むのだから、ローゼンブルグに対しても、無体《むたい》な条件は突きつけないだろうと思ってはいなかったか。

今はもう、…憎しみしか残らない。

愛していたからこそ、裏切られたときの衝撃は激しい。

ラインハルトは初めて、心から人を憎んだ。

目の前の男を、深く憎んだ。

「そうですか？　あなたがのこのこと出てきたのは、あなたならば俺が甘い条件を出すとでも、判断したからじゃないんですか？」

「っ!!」

本心を見透かされ、さすがに、ラインハルトの顔色が変わった。

「まさか」

ラインハルトは言った。

「二度と、俺はあなたになど会いたくありませんでしたよ」

睨み合い、罵《のの》り合い、憎み合う。

これが今の自分たちの関係なのだ。

言いながらなぜか、その言葉を声にして告げたとき、胸に生じたものは……。

それに敢えて、気づかない振りをする。

「とにかく、私は和平の話し合いに来たんです。降伏をしに来たんじゃない。あなたが主張を変えない限り、調印をすることはありませんよ」

そう言うと、ラインハルトはテーブルに背を向ける。

席を立ったまま二度とそこに戻ることはなく、出口に向かって歩き出す。

「ラインハルト殿……！」

引き止める声が聞こえた。けれどそんなことはどうでもよかった。

用件がないのなら、この場を立ち去るしかない。

交渉は、決裂《けつれつ》。二人の関係も。——すべて終わった。

そしてラインハルトの胸にも、この交渉は鋭い痛みを残した。

「ラインハルト…大丈夫？」

心配げにハンスが見上げる。相変わらず愛らしく、可愛らしい姿だ。

平和な話し合いならともかく、殺し合う、そんな場所に相応《ふさわ》しくない。黒髪に年令より幼くも見えるあどけない顔立ちが、不安と心配に曇る。ラインハルトの瞳が、大人びて落ち着いたサファイアのようだと称されるとすれば、彼の瞳は温かみのある可愛らしいアクアマリンだ。

「戻るぞ」

「う、うん」

ハンスの腕を掴《つか》み引き上げれば、ラインハルトの掌が回ってしまうほどに細い。ラインハルトとは違い、筋肉はついていない。身長も、ラインハルトの肩口ほどだ。

王族として、ラインハルトは自ら戦いの中に身を置く。率先して国民を守るのが、王族の義務だからだ。

入り口で待っていたハンスを伴い、ラインハルトは交渉期間中の滞在場所として、与えられた部屋に向かう。まだ入ってはいなかったが、場所は知らされていた。

「お待ちください…！　今、ご案内いたしますから」

厳しい表情を浮かべ、足早に通路を歩くラインハルトを、側近が引き止めつつ追いかけてくる。

それを無視し、さっさと先に進んだ。いくつかの角を曲がれば、与えられただろう部屋の場所に行き着く。

息を切らせて、ルドルフの部下が追いついてきた。

「こちらが、滞在中にラインハルト殿と、その側近の方にお使いいただく部屋です」

部下は二人の前に回り込むと、ドアノブに手を掛ける。

「どうぞ」

「…なんだこれは」

扉を開けば、足を踏み入れるまでもなく中が見える。室内は王族どころか、一国の使者をもてなす品格すら備えてはいなかった。調度品は質素すぎるだけではなく、サイドボードもテーブルも、角は木がけばだっていた。

床の板は剝《む》き出しで磨《みが》かれてもおらず、擦《す》り切れている。

「こちらが、ルドルフ様に指示された部屋ですので」

言いにくそうに、部下は申し出る。

仕方なく室内に足を踏み入れれば、ギギ…っと床板が軋《きし》んだ。

簡素な応接室とも呼べない、従者の控えの間ほどの広さしかない。

古ぼけた椅子がいくつかとダイニングテーブル、そして燭台《しょくだい》と、簡素な額《がく》に絵が一枚、もちろん花も飾られていない。

この部屋から奥に繋がるだろう扉が二つある。ラインハルトの視線に気づいたように部下は言った。

「側近の方とラインハルト殿の寝室を別々に用意しております。奥の部屋は互いに、行き来ができるようになっております」

ハンスを案じる身としてはその処置はありがたかったが、この応接室では寝室にも期待はできないだろう。

「必要なものは運ばせていただきます。何なりとお申しつけください。…では」

頭を下げると、部下はそそくさと扉を閉める。

必要なものを届けるというのは当然だ。自分たちは別に軟禁《なんきん》されているわけでも、何でもないのだから。

「ラインハルト……」

心配げにハンスが声を掛けた。

「待ってろ」

部屋に二人きりになり、ラインハルトはハンスを椅子に座らせると、扉へと向かう。まず、一つ目の扉を開け放ち中を確かめると、隣の扉を開ける。

「どちらも変わらないな。ハンス、お前はこっちを使え。俺は隣を使おう」

左をハンスに指差し、ラインハルトは右に足を踏み入れる。軍装の上着を脱ぐと、ベッドの上に投げる。

粗末な部屋だった。壁は剝き出しで、中央にベッドが置かれている。窓際にサイドテーブルと椅子が置かれているが、この分ではクッションも固く座り心地も悪そうだ。

ただ救いは、シーツは清潔そうだということくらいだろうか。

「うん」

ハンスは応接部分の椅子に座ったまま素直に頷《うなず》く。二つの部屋を比較すると、まだ左の部屋のほうが広々としていて、使い心地が良さそうだったことは口には出さない。

たとえ、自分が不快な思いをしても、ハンスには少しでも快適に過ごさせたかった。

寝るにはまだ早い。

ラインハルトは応接室に引き返すと、ダイニングテーブルに着く。ハンスの斜め対面に座った。

壁には染みが浮かんでいる。この粗末な部屋、これが自分たちに与えられた滞在中の部屋なのだ。自分たちをルドルフがどう思っているか、分かるというものだ。

これが、ライフェンシュタインの自分たちに対する扱いなのだ。

敢えて相手を粗末な場所に置き、自分たちの優位性を示す、それは交渉における心理戦の一種でもある。心を揺さぶり嫌というほど、相手にその立場を思い知らせるのだ。

（そうまでして、ローゼンブルグの国土を手に入れたいのだろうか）

先ほどの、自分を見下げ果てたような双眸を思い出す。心底馬鹿にしきったような瞳だった。人に対して優越感を露《あら》わにし、相手を馬鹿にした感情を隠そうともせず接するのは愚かなことだ。

ラインハルトの知るルドルフは、そんな態度を一切、取る人ではなかった。

「お茶くらい運ばせようか。咽喉が渇いただろう？」

ラインハルトはハンスを気使う。薄暗く、染みの浮かんだ部屋にいても、ハンスの周囲だけは柔らかく暖かい光が洩《も》れるようだった。甘い香りのチェリーカップ、まるでシフォンのような柔らかい花弁を持つ薔薇《ばら》のようだ。色にすれば、…そうだ、楚々《そそ》とした淡雪《あわゆき》のような薄いピンクかもしれない。ウェディングドレス、ホワイトロマンス、ロマンティックな名前を持つ薔薇は数多くあるけれど、その甘い名前を持つどれもが、目の前の彼には相応しい。

ラインハルトにとって、ハンスは守るべき存在だった。そして、守るべきものがあるからこそ、ラインハルトは強くなれる。

「すまない。こんな場所に連れてきて」

けれど、ハンスを一人ローゼンブルグに残すわけにはいかなかったのだ。ハンスの素性《すじょう》は極秘だ。ローゼンブルグでも、ラインハルトと数人しか知らない秘密だ。

そして、和平交渉の使者にラインハルトが選ばれたのにも、ある「理由」がある。

本来なら使者が来るべきであって、王族自らが交渉の場に来る必要はないのだ。

ラインハルトが来たことによって、ルドルフが言うとおり、元首自らが会う羽目になった。会見の場に引きずり出すことができたのだ。

それは、ラインハルトの裏の、ある人物の狙《ねら》いどおりに。

「花のようなお前には似合わないな、こんな場所は」

せめて、ハンスの気分を軽くしたくて、わざと軽口を叩く。

「花のようなって言うならラインハルトの方が」

「何を馬鹿なことを。俺に花なんて似合うわけがないだろう」

ハンスの言葉を遮ると、失笑を浮かべる。花は自分には似合わない。特に似合わないと思うのが、薔薇だった。

「それは…ラインハルトは強い人だけど」

強い人、何を言っても傷つかない人、憧れと羨望《せんぼう》を持って、周囲はラインハルトをそう称する。いつもラインハルトは守るべき側の人間だった。そしてその対極には守られるべき存在の人間というのはいるものだ。

羨望を向けられるたびに、そうあるべきと自分を律《りっ》し、余計に弱い部分を見せられなくなった。

人間なのだから、弱い部分がないわけではない。

ただ、ラインハルトが絶対に弱味を見せまいとするほどに、周囲はその影の努力に気づかないようだ。

戦略での成果、結果を出すほどに「彼は王族で、特別な人だから」、同年代の男性から向けられる一見褒《ほ》め言葉にも聞こえるそれは、妬《ねた》みと共に少しの揶揄を含んでいる。

ラインハルトは一学生として、大学で学んだ経験がある。大学側の配慮もあり、なるべく普通の学生としてラインハルトを扱うように同級生たちは言われていた。多少の遠慮はあったものの、若さもあったのだろう、いく人かの才気走った学生たちは、ラインハルトを妬み、敢えて親切心を装《よそお》って近づいてきた。

自分に自信を持っているくせに、ラインハルトを褒めちぎり、心にもない言葉を口に乗せる。感情の込もらないそれらを、ラインハルトは冷静に受け止めていた。

実際は、もちろん彼らはラインハルトに実力では敵わないと思っていない。笑顔がラインハルトから逸らされたときのぞっとするほど冷たい表情、それらをラインハルトはよく覚えている。

それは自国でラインハルトを取り巻く人々においてもそうだ。王族という身分に彼らは頭を下げるのであって、ラインハルト自身の実力を認め、頭を下げるのではない。

その中で、一切媚《こび》を売らず、余計な言葉の一つも投げかけることなく、だからこそ裏表がないと信じられた人物が、一人だけいた。

目の前の、ハンスを見つめる。ハンスのような愛らしい人物なら、彼も、いとおしく思うのだろうか。優しく、…優しく接して。

強い人、そんなふうに称される自分だからこそ、何をしても傷つかないとあの男は思って、あんな仕打ちを?

「ラインハルト?」

「ああ、…すまない」

黙り込んだラインハルトに、ハンスが心配げに声を掛ける。もちろん、ハンスがラインハルトを強い人、と言った言葉に裏はない。彼の素直な性質は、ラインハルトにとって安らぎだった。

戦いも、互いの腹の探り合いだ。ひとときも心が休まるときはない。

「やはり、少し疲れたようだ」

「そう、大丈夫？」

ラインハルトの言葉を、ハンスは信じたようだ。

何でも素直に感情を表し、人の発言を言葉どおりに受け取る。決して悪いようには受け取らない。それは幸せになれる条件の一つだ。それを考えずに実践できるハンスこそ、実はラインハルトよりも強いのかもしれない。

少しの沈黙の後、ハンスは口を開いた。

「それにしても、ルドルフ陛下って怖そうな人だね」

ハンスの言葉に他意はない。ハンスはラインハルトが大学で、ルドルフと面識があったことを知らない。当然、友情を育んでいたことも知らないだろう。

今思えば、それが友情だったのかどうかは危うい。

ラインハルトが一方的に、友人だと思っていただけかもしれない。

彼には、最初からそんな気はなかったのだ。

初めて会ったのはもう少し幼いときだ。その頃から面識があり、王位継承権から遠いルドルフとは気安さもあり、会う機会も多く、幼なじみの一人だと思っていた。親しげにラインハルトに話しかけてくるルドルフの兄たちよりも、ラインハルトは寡黙で愛想笑いも向けないルドルフの隣にいるほうが、なぜか心地好かった。

成長して大学の学生寮で再会してからは、ライバルの一人として、互いを切磋《せっさ》琢磨《たくま》する存在だと思っていた。

たまにラインハルトを見る目に、甘い優しさが滲んでいたような気がするのは、気のせいだったのだろうか。

『あなた自身が血を流す羽目になっても?』

脅しの言葉が耳に残る。ラインハルトを心底馬鹿にしきった表情で、降伏を勧《すす》める彼を思い出す。

「ハンス、お前も疲れているだろう。休めばいい」

そう言うと、ラインハルトは立ち上がる。自室に使うといった部屋に入るラインハルトの背を、ハンスの視線が追うのを感じる。それに気づかない振りをして、ラインハルトは後ろ手に扉を閉めた。

一人になった途端、思わず浮かんだ表情は誰にも見せない。ラインハルトの胸にぽっかりと穴が空いたようになる。冷たい空気が、胸に吹き込む。

再会し、彼に相手にもされない立場だと分かったとき、胸に生じたのは紛《まぎ》れもない痛みだ。

再会すれば何かが分かるかもしれないと、思っていた……。

甘い双眸が向けられることは二度とない。

苦しくて、悔しくて、懐かしくて、信じられないと思っていても、彼にとっては何の意味もなかった。ただそれだけだ。

ルドルフはラインハルトのことなど、最初からなんとも思っていなかったのだ。自分の気持ちに、気づかない振りをする。

想いを封印する。そして、帯びた使命が、ラインハルトに新たな緊張を与えた。このままでは、ローゼンブルグは独立を脅《おびや》かされ、ライフェンシュタインの属国となる。それを見越《みこ》したローゼンブルグの軍部は、最大の刺客《しかく》を、選出した。

ライフェンシュタインの国王、ルドルフを殺害すれば、ライフェンシュタイン自体が動揺することになるだろう。その隙を突けば、どれほど国力が違っていても、逆転はありえるかもしれない。

ルドルフを、殺す。

その暗殺者に、——ラインハルトは選ばれたのだ。

再び、交渉の場にラインハルトは着いていた。今度は会議室だ。戦略を練《ね》るために使われていたのか、この部屋も王宮にありながら華美《かび》な印象はない。

広いテーブルに着席し、ルドルフと対峙《たいじ》する。

「戦争になるのは避けたいと思っていますよ。再び戦火に人々を巻き込みたくはありませんから」

「それならば、素直に降伏すればよろしいのではありませんか?」

ラインハルトが主張すれば、ルドルフは威圧的《いあってき》に言った。

二人の間に緊張が走った。互いに睨み合う間に、火花が散る。

「それはできません。だから話し合うために私が来たのでしょう?」

使者ではなく王族自らが。

「王子を売られたんですね。あなたの国は」

「何ですって?」

「話し合いが決裂すれば、見せしめにあなたの身を傷つけて送り返すこともできる。いつの時代も使者の扱いなどそんなものでしょう」

「……」

脅迫とも取れる内容に、ラインハルトはルドルフをぎっと睨みつけた。

「私はそうとは思いませんよ。私が赴《おもむ》けば、ライフェンシュタインも元首が出てこざるをえない」

「それは単なる小国の使者の、大国に対する礼儀でしょう。大国の元に小国が使者レベルの人間を寄越《よこ》せば、無礼だと追い返されるのがおちですから」

二人の話し合いに、緊迫した空気が混ざる。

周囲の人間は固唾《かたず》を呑んで見守っている。彼らの視線が突き刺さり、肌に痛い。

「馬鹿ではないのなら、そのくらいは分かるでしょう？」

「ローゼンブルグを狙うのは、その国益のためですか？　単なる金儲《もう》け主義なんですね」

「それは否定はしない」

ルドルフが、利権のためと吐く。

「あなただっていつまでも意地を張ったりせず、我が国の下につけばどうです？　そのほうがどこからも狙われずに済むでしょう？」

小国ならではの苦しい立場と歴史を示唆《しさ》される。

『うちは小国だからな。大国に色々と狙われて大変だ。政略結婚とは名ばかりで、王族は代々大国に身を売る羽目になる。俺は男だから大丈夫だろうが、姉は大変だろうな』

ライフェンシュタインと同じレベルの大国から、縁談を持ち込まれたばかりの姉に同情し、ラインハルトは言った。

『お前の美貌も…』

そう言って、ルドルフは言葉を区切った。その後に、何を続けようとしたのだろうか。

『俺が王位に就けば、お前の国に攻め入ったりはしない。お前の国に誰も攻め入ったりはしないよう、守ってやれる』

そう言ったのは、紛れもないルドルフだ。その言葉をラインハルトは覚えているのに。

それが、今はラインハルトに降伏を迫る。

「あなたの国は、以前からその領土を狙われていた。そういえば、今大学のある街は、かつてブリスデンから譲《ゆず》られた場所でしたっけ。それも、紛争の火種の元です。さっさと渡せば、こんなふうに狙われることはなくなりますよ」

「何っ!?」

さすがに、ラインハルトはいきり立つ。中世の頃、騎士がその身を懸《か》けて、取り戻した場所だと聞いている。

ブリスデンの領土でありながら、ローゼンブルグに譲渡された場所は、いつからか中立的な意味合いを持ち、平和の象徴《しょうちょう》、そして大学の街として栄えていた。各国の人間が、学ぶために集まる。それがローゼンブルグの人間にとってどれ程大切な場所か、ルドルフも知っているはずだ。

許せない。彼の裏切りを、心から憎む。

はっきりと、分かった。

ここにいるのは、ルドルフではない。

(俺の知る、ルドルフじゃない)

「あなたが王位に就いたのも、権力欲や利権のためですか?」

ラインハルトが訊《き》く。

「…だと言ったら?」

抜け抜けとルドルフは答えた。

睨みつけるのに、ルドルフは平然としたままだ。

「最低ですね」

「あなたももっとうまく立ち回ればどうです? 小国にしがみついてどうするんですか?

我が国の下についたほうが、ずっといい暮らしもできるでしょう。国際社会においての発言力も増す」

「あなたが王位に就いたのは、うまく立ち回った結果だとでもおっしゃるんですか？」

ラインハルトはルドルフを鼻で笑った。

「あいにく、私は金や権力に魂を売るほど、落ちぶれてはおりませんので。あなたのような要領《ようりょう》のいい方、と違ってね」

皮肉って告げる。

「…恐れ入りますラインハルト様、もう少し冷静になられてはいかがです？」

その時、ルドルフの斜め背後に控えていた男が、ラインハルトの言葉使いを見かねたのか、声を掛ける。

「こちらは交戦の場ではなくて、和平交渉の場だとおっしゃったのは、あなた様ではありませんか？」

「何だと？」

以前の自分の発言を持ち出して、それを効果的に使う嫌味に、ラインハルトの腹の底が熱くなる。

「エーリヒ」

「失礼いたしました。出すぎた真似をいたしました」

ルドルフにたしなめられて、エーリヒと呼ばれた男は素直に引き下がる。

謝罪を口に乗せながらも、その表情には反省は一切見られない。完璧なポーカーフェイスは悔しいほどに冷静だ。

（この、男……）

背はルドルフと同じくらいだ。長身に、バランスのいいスタイルをしている。クールな表情に乗る眼鏡が、策略家めいた彼の印象に拍車を掛ける。

雄々しさよりも知的な印象が先に立つ。そのクールさが小憎らしいほどだ。彼は初めてラインハルトが交渉の場に臨んだときも、ルドルフのそばにいた。

ルドルフがいるからこそ目立たなかったが、彼も女性の中にその身を投じれば、相当にもてはやされるだろう容姿をしている。いや、部下という己の立場を弁《わきま》えているからこそ、わざと気配を殺し、目立たないようにしているのか。だとしたら相当に腹黒い。

ラインハルトですら苦戦した数々の戦闘の策略は、彼が立てたのではないかと思わせる。

そしてルドルフも、エーリヒをたしなめたものの、ラインハルトに対する無礼な仕打ちを止めるつもりはなかったらしい。

顔を見合わせたあと、ニヤリと馬鹿にしたような笑みを浮かべ、ラインハルトを流し見る。

（……っ）

互いに分かり合おうというつもりのない会話は不毛だ。分かろうとしない相手に、いくら言っても通じると信じ、そのために使う労力は無駄だ。理解しようとする努力は無用だ。

言葉尻を取り、敢えて隙や粗《あら》を探しそこを突こうとしてくる相手に対し、何を言っても通じるわけがない。

なぜなら、分かりたくないのだから。最初から分かろうとしない相手は、何を言っても曲解しかしない。

「冷静に、お話いたしましょう。そちらも、私どもに希望を押し付けるだけの主張はやめて、ね」

慇懃に、ラインハルトは応じた。

ふ…っと口元に笑みを刷《は》きながら、決して弱味は見せない。対等な立場で、舌戦に応戦する。

言葉は美しいばかりの敬語で互いの腹が見えない会話、発展しないままの会議は、物別れに終わるだけだ。

「そちらも、あなた一人の意地で、国民を戦争に巻き込むのだということを、肝《きも》に銘《めい》じられてはいかがです？　意地を張るだけの主張はやめてね」

他人行儀な口調で、ルドルフが答えた。

再会してから続く、上っ面《つら》だけの言葉は、周囲の監視の元で行われる。もし、二人きりになることができたなら、少しは互いに本音が見えるようになるだろうか？

「脅迫は交渉における、一番下賤《げせん》な手段ですよ」

ラインハルトは椅子の肘掛《ひじか》けに肘をつく。両手を手前で組んで、足を組み替えた。尊大な態度で接するルドルフに、ラインハルトも同じ態度を向ける。

脅迫。言いながら、ローゼンブルグを出る前に交わされた、ある会話を思い出す。

――ラインハルト、分かっているな？　ルドルフを殺せ。おや？　躊躇《ちゅうちょ》があるみたいだな。あの男に何か特別な感情でも抱いているのか？

――何もない。あるわけがないだろう？　役目は果たす。だから、……それだけは。

絞《しぼ》り込むような、苦痛を伴った懇願を思い出す。大切な人を守るために。その人を、傷つけられないようにするために。

ぎゅ…っとラインハルトは、机の下で、見えない拳を握り締める。

「冷静に話すために時間を置かれてはどうですか？」

「ええ、そうですね」

そうクールに提案するエーリヒの言葉に、ラインハルトは頷《うなず》く。

次の交渉の時間を決めることもせずに、ラインハルトは部屋に戻る。

既に日は沈みかけ、古びた応接室の壁の染みが赤々と、血のように映し出される。

「ハンス…？」

返事はない。他の部下の元に、出かけたのだろうか。

明日もまた、同じように不毛な交渉が続けられるのだろうか。

応接室とも呼べない場所に一人立つ。テーブルの上には、クリスタルの水差しと、グラスが用意されていた。切子細工《きりこざいく》の水差しは、夕日を浴《あ》びて赤く妖《あや》しく、ルビー色に煌《きら》めく。

軍の正装を解く前に、扉の外がざわめく。ノックもなしに扉は開いた。

「誰だ…っ」

はっと振り返ると、ルドルフが立っていた。

ルドルフは、部下を背後に従えていた。エーリヒとは違う。

「何の用です？　話し合いを再開しようとでも？」

その可能性について思い浮かべる。いきなり訪ねてきた無礼にむっとしながらも、部下の手前、ラインハルトは慇懃な態度を崩さない。

「あなたの部下は？」

ルドルフの言葉は意外だった。他のことは一切訊かず、単刀直入《たんとうちょくにゅう》に彼は言った。

「部下？」

ラインハルトは眉をひそめる。

ハンスのことだろうか。

「ハンスのことですか？　彼に何の用です？」

交渉に、彼は必要ないはずだ。

いきなりやってきて、交渉に関係ないはずの人物の名前を呼ぶ彼に、不審気にラインハルトは訊ねる。

「その男に用がある」

「何ですって？」

ラインハルトは目を丸くする。いきなりやってきて、なぜ。

「理由もなしに会わせると思うんですか？」

「会わせて欲しいと頼んでいるのではありませんよ。ある方が用があるそうだ。連れて来るように言ってるんです。もし素直に連れて来ないなら、私が連れて行きましょうか？」

ずい…っと応接室に足を踏み入れようとするルドルフに、ラインハルトは正面に立ち、彼の入室を拒む。

「理由を、言ってください」

室内に入ろうとするルドルフと、それを遮ろうとするラインハルト、二人が一歩も譲らなければ、距離が近づく。

吐息が、触れ合うほどに。

けれどそこに甘さは一切なく、ただ殺伐《さつばつ》とした空気が流れる。

ラインハルトの表情が険しくなる。互いに鋭い眼光で睨み付けたまま、一歩も譲らない。

「ローゼンブルグの人間に家族を殺された者が、我が国にも大勢いる。恨《うら》みを抱く者がいても、不思議ではないでしょう」

「恨みを？」

呼びつけた後、個人的な鬱憤《うっぷん》を晴らすために、彼を嬲《なぶ》るとでも言うのだろうか。

許せない。怒りが込み上げる。

「彼は関係ないだろう！」

とうとう、ラインハルトは慇懃な口調を解いた。

「あるさ。お前に近しい立場の人間であるほどに、戦略でも重要な役割を果たしてきたんだろう」

同時に、ルドルフも口調を解く。

「あいつは！　俺についてきただけで、戦略には一切関係ない。直接指令も下してはいない」

「だが、同罪だ。巻き込んだ自分を恨むんだな」

ラインハルトは内心で口唇を噛む。やむをえない理由が、ハンスの立場を追い詰める。まさか調印に同意しないことで、その矛先がハンスに向くとは思わなかった。ラインハルト本人を脅しても屈しないと思ったのか、周囲の人間を傷つけるという手段を選んだらしい。ラインハルト自身よりも、大切にしている人を傷つけるということ、それはラインハルトには最も効果的な手段かもしれなかった。

「お前が素直に調印しないから、目を付けられたんだ。頷かないならこれから、頷けるような気持ちにしてやろうか？」

凛々しい口唇が、脅しの言葉を吐く。口唇が触れ合うほどに近くにいながら、口をついて出るのは物騒で、互いを傷つけ合う言葉ばかりだ。

悔しいのに彼の顔が近づけば、胸が震える。見惚《みほ》れてしまいそうなほどの、凛々しい姿が、目の前にある。軍服を着こなすには、均整の取れた肉付きの身体と、張りのある筋肉が必要とされる。腰で止められたベルト、長い足に際立つスタイルの良さ、そして寡黙で真面目《まじめ》そうな印象が余計、軍服というストイックな服装に合う。

一歩下がった場所にいる、大人びた落ち着いた男、その男を変えたのは何だったのだろう。

（いや……）

これが本性ならば、見抜けなかった自分が悪いのだ。

「あの美貌だ。安心するがいい。殺されたりはしないだろう。別の意味で、死ぬほどの屈《くつ》辱《じょく》を味わわされるかもしれないがな」

引き渡した後の処遇《しょぐう》を示唆される。

「貴様……」

ラインハルトの目は、ルドルフよりも若干《じゃっかん》低い位置にある。彼を見上げなければならないことに、以前は感じなかった軽い屈辱を覚える。

ハンスの容姿に目を付ける人間がいないとも限らない。けれど、国に置いてくるわけにはいかなかったのだ。一層の危険が、彼を取り巻く。

「交渉に会話ではなく脅迫という手段を使い、使者を辱めるなど、統治者の風上にも置けないな」

「お前がどうあっても強情で、妥協点を見出さないからだ。お前は単なる使者ではなく王子だからこそ、その決断と意志が国の決定になる身分だ。単なる使者では、いちいち母国とコンタクトを取り、上に判断を仰がなければならない。そんなまどろっこしい立場の者なら、最初から会う気はなかった。お前に会ってやったことに感謝されこそすれ、罵られるとは心外だな」

「俺が保身の為に部下を売るような男だとでも思っているのか？」

「どうあっても、妥協するつもりはないようだな」

睨み合ったまま、沈黙が横たわる。互いに一歩も引かない。

「これ以上、対話をするのは無駄なようだ」

ルドルフが腰に手を置く。はっとラインハルトは身構える。

すらりと腰に挿《さ》してある短剣を引き抜く。それが、ラインハルトの咽喉元に突きつけられた。

ぎらりと刃の部分が光った。心を凍りつかせるような、鋭い光だ。

ナイフをラインハルトの咽喉元に突きつけたのを見せつけると、ルドルフが扉を閉めた。

部下が息を呑むのが見えたがそれきりだ。

室内に、緊張が張り詰める。ぴんとした空気が、肌を痺れさせるほどに痛い。

「そのようだな」

ラインハルトは応じると、テーブルの上のグラスを取った。

刃の切っ先を咽喉元に突きつけられても、表情が変わることはない。普通の人間ならば怯《おび》えて青ざめるであろう行為でも、ラインハルトは平静さを崩さない。

「死ぬのが怖くて、酒が欲しいとでも言うつもりか？」

グラスを掲《かか》げたラインハルトを、ルドルフは揶揄する。ナイフを突きつけたルドルフに、何をしても勝てるわけがないと、侮っているようだ。

ラインハルトはクリスタルのグラスを掲げた手を、勢いよく下ろす。

ガシャッ…！　グラスはテーブルに叩きつけられ、砕《くだ》け散る。

『ルドルフ様…っ！』

扉の外で、音を聞きとがめた部下が、慌《あわ》てたように扉を叩く。

「いい。何でもない」

ドアが開かれる前に、ルドルフは中から冷静に返事をする。

「いいのか？　ルドルフ」

「何がだ？」

「助けを呼んだほうがいいんじゃないのか？」

ラインハルトは悠然と笑む。右手には、グラスの大きな破片が握られていた。

「追い出したことを、後悔するなよ」

ナイフを突きつけるルドルフの咽喉元に、今度はラインハルトもぴたりと正面から破片で狙い定める。部下に返事をする為に軽く背後に視線を流した一瞬の隙《すき》、それをラインハルトは見逃さなかった。

毅然《きぜん》とした態度と、凛とした瞳が、射抜《いぬ》くようにルドルフを見上げる。

「ふん…。さすがに、怯えたりはしないか」

冷静な判断で、対抗の手段をラインハルトは考えることができる。

「こんなことくらいで泣き喚《わめ》き、屈服《くつぷく》するとでも？　見くびるな。俺がどんな人間なのか忘れたのか？」

つい自ら迸《ほとばし》らせた言葉に、ラインハルトは過去を思い出す。

「そうだな。お前は脅迫に屈服するような性質でも、ナイフくらいで怯えるような弱い人間でもない」

（……）

ルドルフが、ラインハルトを認める発言をしたことに、おやとなる。

彼も、過去の自分を、覚えているのだろうか。

彼の記憶にまだ、自分という存在はあるのだろうか……？

既視感《デジャヴ》が胸を交錯《こうさく》し、奇妙な懐かしさに呑み込まれてしまいそうになる。

普通ならば背筋をぞっと凍らせるような二人の姿勢、刃物を突き付け合いながら、刃物よりも心を傷つける言葉を投げつけ合う。

「殺したいならそうすればいい。だがきっと、今度はハンスが、お前たちに報復するだろうよ」

「麗《うるわ》しい主従愛だな」

馬鹿にしたように、ルドルフが言った。

部屋に二人きりになっても、二人の態度も会話も何一つ変わらない。

誰も二人の会話を聞く者はいないというのに。

（これが、真実なのか）

破片を持った掌に、力が込もる。ナイフと違い持ち手がない破片は、ラインハルトの指に傷を付けた。

破片を伝わり、血が滴《したた》り落ちる。ぽとりという音と共に、床に紅い染みを作った。夕日に映し出された染みよりも、ずっと紅いとラインハルトはふと思った。

血が、薔薇の形に見える。それは、ラインハルトに相応しいような気がした。

可愛らしいとか、美しいとか、そういった形容からかけ離れた、血の薔薇こそが。

ナイフを突きつけ合いながらも恐怖を感じないのは、心が麻痺《まひ》していたからかもしれない。

「調印の返事は？」

ルドルフが刃物を持つ手に力を込める。

「否。お前こそ、ただで済むと思うな」

ラインハルトの破片の切っ先も、正面からルドルフの咽喉元をとらえている。

これが、現実なのだ。そして今の二人の関係なのだ。

ルドルフは、ラインハルトに調印を迫るために、ナイフを突きつける。自分の利権のため、そのためにラインハルトを傷つけてもいいと思っているのだ。

それを、頭では分かりながらも、心が認めることができないでいる。

彼に抱かれたことのある、身体も。

肌は彼の掌の感触を思い出し、ざわりとけばだつ。

だが、彼の口唇の感触だけが思い出せない。

彼はただ欲望をぶつけるかのように、ラインハルトを抱いたのだから。

もしかしたら、性欲を果たせれば、それでよかったのかもしれない。

なのに、思い詰めたような瞳の色だけ、覚えている。

あの瞳の色に射抜かれ、ラインハルトは動けなくなったのだ。

好敵手であり、幼なじみであり、一番互いの立場を理解している相手として認めていた男、その男と肩を並べた日々はどれほど輝いた想いを胸に植え付けたことか。

彼の突きつけるナイフに、死を、初めて意識した。

緊張の糸が高まり、空気がぴんと張り詰める。

冴《さ》えた鋭い空気が、辺りに張り詰めるのが分かった。

互いに一歩も動けない。動いた途端、どちらかの先端が、互いの身体を傷つける。

そして、…命を落とすだろう。二人は微動だにしない。

身動きが取れず、一触即発《いっしょくそくはつ》の気配にじわりと掌が嫌な汗をかく。

これ以上緊張が続けば、壊れてしまうかもしれない。しんとした部屋の中、ポタリと血の滴る音が、大きく響く。その音を聞き咎め、ルドルフが口を開いた。

「お前、血を……」

ルドルフの視線が、床に落ちる。ナイフを下ろし、代わりにルドルフは傷ついたラインハルトの手首を摑む。

あまりにも自然な仕草で、ラインハルトは一瞬、抵抗を忘れた。

首筋から離れたナイフに、油断したのかもしれない。

けれどそれ以上に、ルドルフが自分に触れるのが、自然に思えたからかもしれない。

それほどに、ルドルフの態度は自然だった。

（え…？）

今までの、殺伐とした雰囲気とは打って変わって、柔らかな空気に変化したのを感じる。

緊張と殺気が、そがれている。

自分たちを取り巻く雰囲気が、突然変化したことに、ラインハルトは戸惑う……。

破片を握り込んだ掌を、広げられる。かしゃんと音を立てて、破片が床に落ちた。

唯一の、ルドルフに対抗できる武器だ。はっとなり拾い上げようとするが、ルドルフの瞳に捕われる。

（何……？）

目を逸らすことのできない、ルドルフの感情が仄《ほの》見える。自らの身を傷つけたのはラインハルト自身の責任なのに、破片を落とし現れた掌の傷口を見たルドルフの瞳に、一瞬、まるで己が痛みを感じたかのような気持ちが見えたのだ。

動けない。ここに来てからというもの、傷つける言葉しか互いにぶつけ合わなかったのに、なぜ気使うような、心配げな感情を見せるのか。

ルドルフはラインハルトの掌を開かせると、ためらいもなく傷口に口唇を寄せた。

「あ…！」

ずきんと傷口が痛む。それよりも、触れた口唇に肌が、痺れたようになる。

恭《うやうや》しいものに接するかのように、ルドルフはラインハルトのために身体を屈《かが》ませる。跪いて、忠誠を誓う口づけをするかのような仕草に、ラインハルトの胸がどきりとなる。傷の痛みを忘れそうになる。

それは、ラインハルトにとって、初めての経験だった。大切な物に触れるかのように、扱われるなど。

「う…っ」

彼の舌が傷口を舐《な》め上げた時、ぴりりとした痛みが走った。すると、ルドルフが口唇を離す。口唇についた血を、彼が手の甲で拭《ぬぐ》う。まだ彼の口唇に残る血、その部分にラインハルトの目が引き付けられる。

彼の、紅い口唇に。

(あ……)

労るような仕草に口唇の触れた傷口がじわりと熱くなり、全身に熱が広がっていく。

眩暈《めまい》がした。広がる熱は全身を燃え立たせ、熱は身体中に伝播《でんぱ》していく。

彼の口唇が、ラインハルトの忘れていた情欲を掻《か》き立てた。ずきりと下肢が痛むほどに熱い。そしてそれは、胸にじんわりと広がっていく。

どこからどこまでが、自分の肌なのか分からないほどに、彼の触れた部分が蕩け出す。

「…っ、…」

ラインハルトが苦痛のうめき声を上げると、口唇はすぐに離れた。

「……」

呆然としたまま、掌に触れた口唇が離れていくのを見つめる。

口唇を離すと、ルドルフはハンスの寝室へ向かった。

「まだ、諦《あきら》めていなかったのかっ⁉」

ラインハルトは彼の肩に手を掛ける。引き戻そうと力を込めれば、激しい力で振り解かれる。

「くそ…っ、誰がお前にハンスを、渡すものか…！」

嬲り者にされるために、彼を連れてきたのではない。

言いながら、悔しさのあまり目頭すら熱くなる気がした。

今の、労る仕草も、自分を騙《だま》すためのものに過ぎなかったのだ。

なのに一瞬でも胸を震わせた。そんな自分が許せない。

何度騙されたことだろう。彼は自分のことなど何とも思っていないと分かっているのに、そのたびに期待を浮かべる己を自嘲《じちょう》する。期待しては裏切られると分かっているのに。

期待するからこそ、裏切られた時の傷は深い。最初から期待しなければ、傷つくこともないのに。

あの時から、ラインハルトは人に期待を抱くのをやめたはずだった。

「そんなに、あいつが大切なのか…?」

ルドルフが振り返る。

胸の痛みに悲鳴を上げそうになるラインハルトとは対照的に、ルドルフはラインハルトがハンスに執着するほどに、不機嫌さを募《つの》らせるような気がした。

「あいつをとても可愛がっているみたいじゃないか。稚児《ちご》趣味に変わったのか?」

ラインハルトの腕を振り解いておきながら、今度はルドルフがラインハルトの手首を摑んだ。がっと音が出るほどの激しさだった。

なぜ? ラインハルトがハンスに執着するほどに、彼の態度が激しくなる。怒りを漲らせているかのようだ。

激しい勢いのまま、床に引き倒される。ラインハルトの身体の上に、ルドルフが乗り上げた。

「あう…っ！」

「こ、の…！　退《ど》け！」

見下ろされる体勢に、軽い屈辱を覚えた。

手首の上から押さえ付けられて、ラインハルトは振り解こうともがく。すると、片手で易々とルドルフはラインハルトの手首を摑み、もう片方の手でラインハルトの首筋のすぐ横に、ナイフを突き立てた。

わずかでも身じろげば、それは確実にラインハルトの首を切り裂《さ》くだろう。

刃《やいば》の冷たい光が、ラインハルトの胸を凍らせる。

「男に抱かれるより、抱くほうが好きなのか？」

鋭い眼光が、ラインハルトの胸を射抜く。ラインハルトを押さえ付ける逞しい腕は力強さに満ち、振り解けない。皮肉げな表情だった。心底、ラインハルトを馬鹿にしている。

「あいつを侮辱するな」

下卑た話に付き合うのも馬鹿らしい。ハンスを貶める言葉は、許せなかった。なのにラインハルトが話を逸らしたとでも、ルドルフは思ったらしい。この話題からラインハルトが逃げるのを許さない。

「あいつをどうやって抱いている？　だがそいつも、お前が俺にこうして抱かれているのを知ったらどう思うかな」

くっ…っと彼の咽喉が、低く鳴った。

「何？」

ルドルフの身体が、ラインハルトに覆い被さってくる。上体が重ねられ、ラインハルトの詰襟を骨太の指先が外した。

「暫《しばら》く会わないうちに、男に抱かれるのを忘れたみたいだからな。俺がお前に、お前の立場を思い出させてやろう。…男に抱かれる快楽をな」

ラインハルトが、ルドルフに抱かれるのは当然だと、言いたげな態度だった。同性なのに、ラインハルトは男に抱かれるための立場だと、宣言される。自分勝手な決め付けに、ラインハルトは憤《いきどお》る。

（まさか）

ラインハルトは目を見開く。

またこの身体を、彼は抱こうとしている……？

ラインハルトを、辱めようと。

「ハンス、か。彼が啼《な》くよりも色っぽくお前を啼かせてやろう……」

奥の扉に、ルドルフが目をやる。いやらしげな口調が、ラインハルトの背を戦慄かせる。

ハンスが男に抱かれるなど、想像したくもない。でももし、彼が男の恋人を持つとしたら、きっと、…抱かれるほうの立場かもしれない。そして相手の恋人は、ハンスのような優しく可愛らしい恋人を持てば、壊れ物を扱うように大切にするはずだ。

そしてきっと、艶やかに可愛らしく、彼は啼くのだろう。ラインハルトのほうが色っぽいなどということは、ありえない。

「お前のほうが抱かれる才能があると知れば、ハンスはどう思うかな?」

くっとルドルフの咽喉奥が鳴った。抱かれる才能、そんなものは認めてはいない。

「悪趣味な奴め」

抱き合う声を、人に聞かせようなど。

「そんなことが言えるのも今のうちだ」

とことん下衆な趣味に、反吐《へど》が出そうだ。

「最低だな、お前」

冷ややかな軽蔑を向ける。

「その男に抱かれてよがって、腰を振ったのはお前だ」

過去を告げられかっと血が逆流するのが分かる。

「降伏に調印すれば、離してやろう」

絶対に、降伏するわけにはいかない。

まだ、ある使命を果たすまでは。さもなければ、自分よりも大切な者の身が……。

「お前に降伏するくらいなら、たとえこの命を奪われても、…——いい」

かまうものか。

本気でそう思っていた。覚悟を口にのせ、真っ直ぐに彼を見上げた。

「死を選ぶ、か。それほど、俺に抱かれるのは嫌か？」

（え…？）

ラインハルトは戸惑う。

低く、一人呟《つぶや》くような声だった。その表情は、一瞬にして掻き消える。

初めて見た、彼の傷ついたかのような表情だった。

それは錯覚かもしれなかったが。

「できるなら、やってみろ。できるものならな」

ルドルフが、開かれた首筋に顔を埋める。詰襟に隠されていた禁忌を、彼の口唇が暴こうとする。

「やめろ、やめ……！」

上着の前を引き裂かれる。

ボタンが弾《はじ》け飛ぶ。

「動くな。切れるぞ」

先ほど口づけたのと同じ口唇が、低い脅しを吐く。

「お前は、男に抱かれるほうが、似合ってるんだよ……」

ラインハルトの心がハンスに向くほどに、ルドルフの態度が厳しいものに変わる。

男に抱かれるほうが似合う、なぜルドルフは自分相手にそう思うのだろう。

どうして、自分に欲情できるのだろう。可愛らしいハンスではなくて。

同性でも、ハンスの可愛らしさを、ラインハルトは理解している。

愛がなくても、脅迫のためなら、調印という目的のためなら、ラインハルトを傷つけるために欲望を滾《たぎ》らせることもできるのだろうか。

「だれ、が…っ…」

脅しには屈しない。首筋の横の床に、短刀を突き立てられたままのラインハルトに、ルドルフが覆い被さっていく。

鈍《にぶ》くひらめく刃の光が、鋭くラインハルトの目に突き刺さる。

肌の上を這い回る掌が与える感触を、ラインハルトはまるで現実のものとは思えないでいた。どこか遠くの世界で起こっているような、そんな気すらしていた。

乱暴に、ルドルフがシャツを引き裂く。布の裂ける焦げた嫌な匂いがした。激しい勢いで、ベルトを引き抜かれる。

「はな、せ…っ！　く、う…っ！」

ラインハルトは拳を握り締めると、下から殴り掛かる。

「ぐ、っ！」

一瞬、抑え付ける腕の力が弱まる。

「俺を、みくびるなよ」

言い捨てると、ラインハルトは身体の下から這い出る。

その隙に身を逃がそうとすれば、背後から羽交い絞めにされる。そしてすぐにうつ伏せに、床に身体を押し付けられた。

「ぐう…っ！」

激しく押し付けられて、息が止まりそうになる。

「まだそんな力が出せるとはな」

「あ、うっ！」

ズボンを引きずり下ろされる。

「やめ、やめ、ろ……！」

絶対に、屈するつもりはなかった。ラインハルトも腕に覚えがある身だ。普通の男ならば負けることはない。だが、ルドルフの力はどうだ。思いきり力を込めて押し返そうとしても、その身を押し戻すことができない。

うつ伏せたまま、背後から羽交い絞めにしてくる男を振り解こうと試みる。何度か、頬の横を刃先が掠《かす》った。

肘でルドルフを突こうとすれば、その腕をすくい取られる。もがくと、胸を床に上から力強く押し付けられた。

「う！」

苦しげな息をつく。ラインハルトもルドルフにやられるばかりではない。

ルドルフも、ラインハルトの抵抗に手傷を負ったはずだ。もがきながら、ラインハルトはルドルフの頬を殴りつける。

が…っと破裂音《はれつおん》がして、拳はルドルフの頬をとらえた。

「こ、の…！」

口唇を切ったルドルフの頬が赤い。

けれどラインハルトも床に身体を打ちつけ、擦れたせいで肌に傷が浮かんでいる。あちこちに互いに傷を負った。戦場の戦いのように、激しいやり取りが繰り返される。

「往生際《おうじょうぎわ》が悪いな」

そう言うと、ルドルフは突き立てられていたナイフを引き抜く。

安堵する間もなく、すぐにそれはもう一度、ラインハルトの横に突き刺さった。

ざく…っと嫌な音がして、ぱらりと髪が散った。ナイフが突き刺さった勢いで、毛先が切り取られたらしい。

「う……」

脅しではなく、本当にルドルフがラインハルトを傷つける。

それがはっきりと分かった。

力で敵わないとは思いたくはなかった。だが現実として、ルドルフのほうが武芸にも戦闘にも秀《ひい》でている。その男に武器まで握られては勝負は最初から決まったようなものだ。

でも、絶対にこの男の言いなりになどならない。下肢を守る布を剝ぎ取られた状態で、それでももがくのをやめないでいれば、背後でベルトの金具を外す音が聞こえた。

はっとなり背後を振り返ろうとするが、遅かったことを知るのは、剝き出しになった双丘の狭間に、灼熱の痛みを感じたときだ。

ルドルフの動きは、性急だった。一刻も早く、ラインハルトの中に入りたいとばかりに、ラインハルトの身体を押し開いていく。

（あ……）

ラインハルトは目を見開く。挿入の一瞬だけ、ラインハルトの瞳が切なげに歪《ゆが》む。悲しみの光を浮かべたのは、ルドルフには絶対に見せない。弱々しい姿など、見せるものか。

「あ、あああ――っ…！」

絶叫が迸る。ルドルフは、抵抗をやめないラインハルトに、てっとり早く言うことを聞かせる手段を選んだらしい。

「ひ、ひぅ…っ、うっ」

杭が強引に捻《ね》じ込まれる感触に、ラインハルトは悲鳴を上げた。鍛えた男であっても、ここを抉られればひとたまりもない。

力ずくで犯され、貫《つらぬ》かれる痛みに耐えながら、ラインハルトは思った。霞《かす》む視界に、ハンスの部屋に繋がる扉が見える。

もし、ラインハルトがハンスのような可愛らしい優しげな外見をしていたら、こんなふ

うに、捻じ伏せられるような抱かれ方はしなかったのかと。

胸が痛かった。灼熱の杭を打ち込まれた部分が、火傷《やけど》しそうなほどに熱く痛い。けれど絶対に、涙は零さない。涙を流す姿など、この男に見せてなるものか。

この男に傷つけられたなど、知られてなるものか。

これくらい何ともない振りをする。身体くらい、どうとでもするがいい。

こんな、卑怯な男など。

『戦争が始まりそうだって？』

大学時代、ラインハルトが訊ねた時、ルドルフは言っていた。

『どうやら今回は、ライフェンシュタインはオーストリー側につくらしい』

『なんだって？　そうしたら俺たちは敵と味方に別れるということか？』

不安に表情を曇らせるラインハルトに、ルドルフは言ったのだ。

『そうだ。だがそうはさせない。殺し合ったり憎み合うなど愚かなことだ。絶対にそんなことはさせない』

いつもは寡黙な男が、その時だけは言葉を尽くして力強くラインハルトに告げた。

なのに、それから幾月もたたないうちに、ルドルフはその言葉を翻《ひるがえ》した。

「う、…あ…っ…」

凶暴なものが、体内を支配する。

ラインハルトは苦痛しか感じない。苦痛を与えるように、ルドルフはラインハルトを抱く。

優しさも何もない、扱いしかラインハルトはされない。

一度も、大切に扱われたことなどない。昔から、そして今も。

大切にされる人と、大切にされない人の差は、何なのだろう。羨《うらや》ましいと思いながらも、そうされないのなら、酷い扱いしかされない自分を、受け入れて傷つく気持ちを堪えるしかない。

親友だと、思っていた。いや、もしかしたらそれ以上の気持ちを、抱いていたかもしれない。ルドルフもそうだと信じていた。他の友人たちを見るよりもずっと、深い色の瞳で、自分を見つめることがあったから。

『ラインハルト…』

ラインハルトの前から姿を消す前の夜、聞いたことがないほど深く真摯《しんし》な声で、ルドルフはラインハルトの名前を呼んだ。

月も出ていない闇夜、二人共にいることが多かった図書室で身体を開かれた。

何の準備もなく、柔らかなベッドの上でもなく。終わった後は身体中が痛かった。

理由を訊ねる前に、翌日ルドルフは勝手に帰国したことを知らされた。

そして、開戦。

今でも、訊きたくて訊けない。

どうして最後、自分にあんなことをしたのか。

何も言わずに目の前から消えられて、それで納得できるほど簡単ではない。

二度と会えないと思っていたけれど、会えば互いを傷つけ合うだけだ。

今も、彼がなぜラインハルトを抱いたのか、訊けない。

敵味方に別れたから、最後に腹いせに抱いたとは思いたくはなかった。

幼なじみとして、親友として、ずっと互いを好敵手であり、それ以上の…人物として、いとおしく…思っていたのに。

そうだ。ラインハルトはルドルフが好き——だったのだ。

それを自覚させられたのは、抱かれてルドルフが姿を消した後だった。

もう敵になり、二度と会えないと知らされた後からだ。

理由を訊ねることもできないまま、殺し合う。

あの日から、ラインハルトの心はあの闇夜の図書室に置き去りのままだ。二人で楽しんだチェスの駒のように、バラバラに床に落ちたままだ。

どれほど、苦しんだことだろう。

彼にいとおしく思ってもらえるような容姿や性格はしていない。

どうあれば彼と共にいられただろう。敵味方に分かれても、そのことにラインハルトは心を砕いていたというのに。

親友だと思っていた自分に、最大の裏切りで、ルドルフは応えたのだ。

「く…っ」

すべてを埋め込むと、ルドルフは苦しげな息をつく。挿入の衝撃にラインハルトが動けないでいると、放って置かれた性器に腕を伸ばした。掌を性器に絡みつかせ、揉《も》みしだく。

「う、……」

苦しくても、悔しいのは直接的な刺激を与えられれば、性器は勃ち上がってしまうことだ。ラインハルトに苦痛以外の吐息が混ざり始めてから、ルドルフは腰をゆっくりと前後させた。

悔しいのに、苦しいのに、直接的な刺激で、ラインハルトの快楽を煽ろうとする。ラインハルトのためではなく、ラインハルトが苦痛のあまり締め付けが強すぎると、ルドルフ自体が動きにくいからだ。

「ふ、ぁ……」

奥を突かれた時、紛れもない嬌声《きょうせい》が零れ落ちた。無理やり、ラインハルトの身体を熱くしようとする。

それに気付いてから、ルドルフは次第に腰を大胆な動きに変えていく。

「どうやらここは、俺を忘れていなかったみたいだな」

ここ、と言いながら、ルドルフがずん、と強くラインハルトの後孔を突いた。

「あああ…!」

(あ……お、れは…)

後ろを突かれて前を浅ましく勃たせていた。後ろを太いもので犯される感覚、それをラインハルトの身体は覚えていたらしい。

「やはり、ここをこうして可愛がってやれば、大人しくなるものだな」

ルドルフがぐり…っと肉茎を揉み上げる。途端に強烈な射精感が走り、下肢に力を込めた瞬間、ラインハルトは入っているものを締め付けてしまった。

すると、筒は痺れ、腰がくねった。

「ん、ん、あ。あ」

自慰では味わえない、強烈な感覚だった。一度男を知った身体は、放って置かれている間も熱く身体が疼くことがあった。もうそれは、…どうしようもなく。

たまにどうしようもなく、筒を犯して欲しくて、肉を太く硬い男のもので擦り上げて欲しくてたまらなくなる。それは男を知ってしまったからこそ、起こりうる感覚だ。

知らなければ一生、知らないままでいられたのに。

熱く火照《ほて》り疼く身体をもてあましながら、自慰に耽《ふけ》る夜に、陰茎に絡みつく掌をルドルフのものだと想像した晩を、告白することはできない。

それほどに疼き待ちわびたものが、今ラインハルトの体内にある。

期待に咽喉を鳴らしながらきゅう…っと締め付ければ、ルドルフは肉楔を激しく抜き差しし始めた。

疼ききった部分を掻き回されると、じん…とした深い痺れが、体内に走る。

単に、男の快楽を満足させるための機械にされる。

その扱いに、ラインハルトの胸が悲鳴を上げている。血を流している。

苦しくて、切なくて、胸が痛くて、たまらない。

「力を抜け。存分に突いてやる」

まるで、剛棒で犯されるのを、ラインハルトが待ち望んでいたかのように、ルドルフが言う。

本当は、この日を待っていたのかもしれない。その気持ちを見透かされたような気になる。

快楽など微塵《みじん》もない。痛いのに、無理やり前茎を扱《しご》かれ、射精を促《うなが》される。

そんな扱いを受ける自分が、…ひたすら惨《みじ》めだった。

「…久しぶりだというのに、よく締まる。締め付け方を誰に習ったんだ？　ラインハルト」

「誰、が…っ…。悪趣味、め…っ」

互いに身体を重ねながら、そこに横たわるのは戦いだけだ。

「ああ。ああ！」

双丘を掲げられる。とことん、ラインハルトを屈辱に貶め、征服する方法で、ルドルフはラインハルトを抱いた。

掲げた双丘に、長い指先が食い込む。

楔が、抉るように中を犯す。

ぐぐ…っと引き抜かれた後、楔が打ち込まれる。ガンガンと音を立てて、肉杭がラインハルトの中を抉った。

内臓を、食い破られそうな、力強い動きだった。

「あ……」

思わず、弱々しい吐息が洩れた。ラインハルトは眉を寄せる。

いくら心では負けてはいないと思っていても、所詮《しょせん》、受け入れる側は、対等にはなりえない。ルドルフが次にどう動くのか、分からない。予測できない動きを、怯えながら待つしかない。

「ああ。あああ、ああ！」

ルドルフは好きに、ラインハルトの中で動く。蠢《うごめ》く凶器に、ラインハルトはひたすら啼き、身体を強張らせる。

いいように、彼に身体を扱われる。どれほどプライドが高くても、抱かれる瞬間は、そのプライドごと、彼に明け渡さざるをえない。

「もっと啼けよ、ラインハルト。お前が嫌がるほど、気分が高揚《こうよう》する」

「くそ…っ、うっ」

ラインハルトは苦しい息の中言い返す。

「お前も、もっと色っぽい女を抱けばいいだろう？　それとも、最初から男がよかったのか？」

愛らしい女性はいくらでもいる。それに、…ラインハルトが庇《かば》いたいハンスも。

ルドルフがこの部屋に来るきっかけ、ハンスを連れ出そうとしたことを思い出す。

もしかしたら、ハンスを連れ出そうとしたのは、ルドルフ自身の趣味だったのかもしれない。そう思えば、胸が焼け付く思いがした。嫉妬よりも傷つく、そんな感情だったかもしれない。戦うよりも先に、諦めしか浮かばない。

自分は逆立ちをしても、ハンスにはなれない。

甘い芳香を漂わせたシュガーピンクの薔薇のようなハンス、一方、さしずめラインハルトにあるのは、薔薇の棘《とげ》の部分だけだ。

観賞では見向きもされず、手に取れば棘は邪魔にされるだけ。

たまに目に留まればそれは、こうして力ずくで屈服させるための対象になるだけだ。

男にとってラインハルトは、ある種の、交戦意識を駆り立てる存在のようだ。

突出した実力と身分を持つ者は一目置かれると同時に、妬みや挑戦の対象とされる。ラインハルト自身も戦争によりその頭の良さと才能で、認められた人物だ。

手を伸ばして対抗してみたい相手、そう思わせてしまうからこそ、彼らにとってラインハルトは常に傷つける対象になりうる。

そんな扱いをされる自分を、恨めしく思うことが一度もないと言えば嘘になる。

優しくして欲しいなどと、甘い考えを持つのはとっくに、子供の頃に諦めた。

ラインハルトも、暴力を受ければ傷つかないわけじゃない。

ただ、傷つける人間がいるのなら、傷つかないようにするのではなく、傷つくことに負けない自分を作り上げることに、努力を注いできた。作るのだ。

負けない、心を。

「当たり前の男を抱いても面白くない。お前が強いと言われるほどに、その男が屈辱に顔を歪め、俺の動きに合わせて泣くのは、俺の情欲を満足させる。見せてやりたいものだな。お前が俺に抱かれて泣く姿を」

「馬鹿な、真似を…っ」

虚栄心《きょえいしん》を満足させるためだけに、この姿を見られてなるものか。

苦痛に身体が悲鳴を上げている。心が、悲鳴を上げている。

「う、あ、あああ…！」

幾度目かの打ちつけの後、ルドルフの吐精を、ラインハルトは体内で感じた。

一度では、済まなかった。

今度は両手を摑まれ、頭上で一括《くく》りにされる。仰向《あおむ》けにされ、両方の手首を片手で摑み取られ、上から押さえつけられた。そのまま下肢はがんがんと突き上げられる。

優しさなど、一欠片もない抱き方だった。

大きく股を開き、その狭間に男根を埋め込まれる。あまつさえ、剛直に中を抜き差しされ、恥辱に喘《あえ》がされるのだ。

身体の中央を捕らえられ、内臓すらいいようにされる。弱い部分をがっちりと握られていては、どうにもならない。けれど男根を埋め込まれているうちに、それは、次第に屈辱による悔しさよりも、甘い快楽の小波を身体に植え付け始める。

「後ろで感じてるんだろう？　やっぱりお前は、男に抱かれる才能のほうがあるんだよ」

ルドルフがず…っず…っと肉楔を擦り上げる。すると後孔から、前へと疼きの小波が広がるのだ。

「ああ。あああっ…ああ。はッ…ん、んん…ッ、は、あ、ンっ…」

「いい声だ。もっと聞かせてやれ。ハンスが、今頃お前のほうが色っぽいと情けなく思ってるんじゃないか？」

まるで、ラインハルトがハンスを抱くのを諦めさせようと、しているかのようだ。

激しい抱き方に、独占欲を迸らせるような気配を感じる。

挟み込まされた男根が、ぐぐう…っと膨《ふく》らむのを、襞《ひだ》で感じる。そのまま、ルドルフはずんずんと突き上げ続ける。

「はうっ……！　あっあっあっ」
ラインハルトは小刻みに、彼の律動に合わせて喘ぎ続けた。
感じてやるものかと、思ったのに。
ルドルフは、ラインハルトが感じるようになるまで、何度も挑《いど》むつもりらしかった。
そして、ラインハルトの後孔からは、呑み込みきれなかった蜜が、ねっとりと滴ってい
る。呑み込みきれず、溢れるほどに、精液を注ぎ込まれた。
ラインハルトの心も、ルドルフは犯した。
「柔らかくなってるな。素直に感じろよ。認めないなら、…このままだ」
その言葉に、ラインハルトは身体を強張らせる。
プライドを守ろうとするほどに、彼への憤りを迸らせるほどに、彼はラインハルトを征
服しようとする。
「くっ、うっ、ふっ」
ラインハルトが感じるまで諦めずに犯し続ける、そう宣言され、先に絶望と諦めを抱い
たのは、ラインハルトの身体だった。
（ジンジン、する……）
擦られ続けた部分が、蕩けるような熱を帯《お》びる。摩擦されて敏感になった肉襞は、うず

うずに疼きまくり、より強い刺激を欲している。肉芯を柔らかく蕩かせたのは、何度も中を抉ったルドルフの固い凶器だ。

猛ったそれは萎《な》える予兆もなく、ただひたすらに強く硬く、ラインハルトの中に入ったままだ。

(ああ…。強くて、硬、い。こいつの……)

きゅう…っと襞が、ルドルフのものを締め付けてしまう動きを見せた。すると、入ったままのルドルフを感じ取る。太く張った雁首《かりくび》、どくんどくんと音を立てている血流、浮き出た血管までをも、敏感すぎる襞は感じ取る。

「もっと大きく足を開け。ほら、もっと奥を突いてやる」

膝を取られ、わざと羞恥を煽るように両足を広げられた。

ずるずると音を立てて、中を男根が行き来している。

(あ……。入って、る……)

ルドルフと、繋がっているのだ。

会うこともできなかった彼が、今一番近い場所にいる。

それは硬くて、ずっしりとした重さと質感を、下肢に与えた。

腰を逃がせば、力ずくで引き戻される。そして再び、男根を打ち込まれた。

ずぼずぼと男根が、ラインハルトを抜き差しする。

「ああ！」

男の都合で、身体を扱われる。己の意志を捻じ伏せられる。抱く男に敵わないと思い知らされるのはこんなときだ。どれほど腕に覚えがあろうと、策略があろうと、ただの肉欲をぶつけ合うだけの存在になる。

男の欲望を満足させるためだけの、玩具になる。

「もっと欲しいんだろう？　だったら、言えよ」

ねだる言葉を強要される。

言うものか。絶対に。

そう思って、いたのに。

ラインハルトが屈服しなければ、ルドルフの行為は終わらないのだ。

「欲しいと言えば、…解放してやる」

その言葉に、ラインハルトの中で押し留めていたものが崩れ落ちた。

言わなければ、この苦しみは終わらない。

ただ、苦しみから解放されたいがためだけに、ラインハルトは告げた。

「ほ、し、……」

それだけのためにプライドを明け渡す。

「あ、ああ」

「もっと、だろう?」

「も、っと、くれよ、お前、の。あ、ああ」

快楽に堕《お》ちたのではない。解放されたいだけ、それだけのためにプライドを明け渡す。

「ああ――っ……!」

ラインハルトからの言葉を聞き届け、ルドルフが強く、腰を突き入れた。

いくらラインハルトが心では負けてはいないと思っても、身体を屈服させられる。弱い部分を突かれれば、嫌でも現在の力関係を自覚させられた。

「く、う…っ…」

『俺が王位に就けば、お前の国に攻め入ったりはしない。お前の国に誰も攻め入ったりはしないよう、守ってやれる』

学生時代、時折二人きりの時にルドルフが洩らした言葉の一つ一つを思い出し、それらがラインハルトの胸を抉る。

「く、そ…っ…。さっさ、と、終わらせ、ろ…っ!」

欲しいと言ったのだから、その言葉と引き換えに、解放されるはずだ。

でも、心からの気持ちが込もっていない言葉を、ルドルフは許さない。

中を抉る剛直は萎えない。ラインハルトをただ征服するために、凶器が蹂躙《じゅうりん》するだけの行為だ。開かれた蕾が、じんじんする。

「終わらせて欲しければ、俺を中で達かせるんだな」

やはり、ルドルフはラインハルトの本心を見抜いているらしい。心からの屈服を求める。

「く…っ、この、やろ…うっ」

話が、違う。

ラインハルトがルドルフの腕を振りきり、胸元に掴みかかる。すると、ぐりゅ…っと大きく中を抉られ、ラインハルトはその衝撃に息を詰まらせる。

「あ、ぅ…！」

「立場を弁えるんだな。中に入れられても抵抗をやめないのは褒めてやってもいいが」

ルドルフが、ラインハルトを傷つける。

最初から、期待したわけではなかった。ラインハルトは己の容姿も性格も、理解している。愛や優しさなど、向けられるに値《あたい》しない容姿だということも。

それでも……。そんなラインハルトに唯一、優しさを向けてくれた相手だと、信じていた。すべての日々とラインハルトの信頼を、ルドルフは裏切ったのだ。

二人きりで会うことが多かったのは、大学の図書室だ。様々な文献を読み、互いを啓蒙《けいもう》し合いながら、将来の夢を語った。二人は高め合える貴重な存在だと、ラインハルトは思っていた。それなのに。

「くう、ふ、あ、あーっ」

ルドルフがずぷずぷと男根を突き入れ、とうとうラインハルトの体内で達した。

精液を体内にぶちまけられる。下肢がじゅわりと熱くなる。ごぽ…っと精液が溢れる音が体内でした。下肢が痺れるように、熱い。

そしてラインハルトも精を放っていた。

「…あ……」

下腹を精液が彩《いろど》る。淫靡すぎる光景だった。

「許さない、お前など……」

苦しい息をつきながら、ラインハルトはルドルフの襟を摑んだ指先に力を込める。すると、行為の最中殆どしゃべらずにラインハルトを嬲るままだったルドルフが、初めて、自嘲気味に呟く。

「許さない、か……」

(え……?)

その声に、妙に苦しげなものが混ざっていたような気がして、ラインハルトは驚く。はっと顔を上げて彼を見れば、傷ついたような瞳にかち合う。

（何で……）

傷つけられているのは、ラインハルトのほうだ。

（なぜだ……）

なのになぜ、ルドルフのほうが傷ついた表情をするのか。彼の苦しげな顔を、見せられなければならないのか。

一瞬、ラインハルトの抵抗が止まる。ルドルフは襟を摑む拳から力が抜ける瞬間を、見逃さなかった。

ルドルフがラインハルトの身体に両腕を回し、抱き締めた。

抱き締められれば、彼に抱かれているのだという想いが深くなる。

身体が蕩け出してしまう。

ラインハルトが身体から力を抜くと、ルドルフは情熱的にラインハルトを抱いた。


横たわったまま、ラインハルトは動けなかった。

久しぶりに男を受け入れた負担は凄まじい。いくら鍛え上げたとはいえ、男の蹂躙の前では積み上げてきたものの何もかもが無になる。

横になったまま、ラインハルトはルドルフに背を向けていた。視界に映るのは、埃《ほこり》が積もった剝げた床板と、染みの浮かんだ壁だけだ。

零れ落ちた血は、乾いて床にこびり付いている。薔薇のような形の跡を、ぼんやりと眺めた。

一度目に抱かれた大学の図書室も、似たようなものだ。

ルドルフにはこういう場所で抱かれているような気がする。ロマンティックさを求めたりはしないが、惨めさが込み上げた。こういう扱いこそが、自分には相応しいのかもしれない。そうも思った。

薄暗い汚らしい部屋での行為が、二人の久々の抱擁《ほうよう》だったのだ。

殴り合い傷つけ合い、力で捻じ伏せられ、男として最大の屈辱を味わわされる。一度戦いに身を置けば、力こそがすべてだ。負ければ泥にまみれ、何をされても文句は言えない。

美しさも華美も甘さも何もなく、血と泥と戦いと、憎しみだけが、二人の間に横たわる。

背後には、ルドルフの気配がある。

彼は上体を起こし、片膝を立てて床に直に座っていた。

匂いから、煙草《たばこ》を吸っているのが分かる。

ルドルフは滅多《めった》にラインハルトの前では吸わなかったが、時折煙草を吸うのを知っていた。

(力を思い知らせたのなら、さっさと身体を離せばいいものを)

今回も、彼には敵わなかった。それを思い知らされただけだった。

ラインハルトも床板の上に身を投げ出したままの姿勢だ。白く艶かしい背に浮かんだ汗が、燃え立った身体を冷やしていく。

背後からルドルフが、横を向いたままのラインハルトに覆い被さってくる。

「ラインハルト」

耳朶に触れるほどに口唇を近づけて、囁く。ぞくりとラインハルトの背筋が戦慄く。

傷ついた身体に、優しい言葉を期待したわけではなかった。でも、抱き合った後の彼の言葉は……。

「調印をする気になったか?」

(……っ)

身体よりも胸を凍りつかせる。

「誰が」

ラインハルトは痛む身体を誤魔化し、何でもない振りをしながら、上体を起こす。白い精液が股の間にこびり付いていた。呑み込みきれず、溢れ出した残滓が、幾筋も太腿の間を伝っていた。散らばっていた上着を引き寄せ、肩に羽織ると振り返る。ラインハルトを脱がしたものの、ルドルフは殆ど着衣を乱してはいなかった。それが力の差を感じさせる。

「こんなことをしたからといって、誰もが貴様の言いなりになると思ったら、大間違いだ」

馬鹿にしきった瞳で見つめる。

「言葉で説得するのではなく、力ずくで身体を開けば相手は言いなりになるとでも？……下衆な奴め」

「お前もずい分乗って、楽しんでいたと思ったが」

ルドルフがラインハルトを嘲笑《あざわら》う。

ラインハルトの気持ちを逆撫《さかな》でする言い方に、拳で目の前の男の頬を殴りつける。ガッといい音がした。ルドルフの口の端が切れ、血が滲むのが見えた。殴られても余裕めいた仕草で、手の甲で血を拭ってみせる。

「まだそんな力が残っていたか？　だったらもう少し激しくしてもよかったな」

心底、ラインハルトを馬鹿にしきった言い方だった。侮り舐めきった感情、それがラインハルトの血を滾らせる。

（どうして、俺は）

こんな男を信じ、愛しいなどと一度でも思ったのだろう。人との関係を築き上げる上で一番大切なのは、相手のどの部分であっても、その根底に尊敬する気持ちがあるか否かだ。その気持ちが欠片もなければ、関係は成り立ちえない。逆に、関係を壊すには、一度でも相手を侮り馬鹿にすればいい。人間は自分にとって、都合がいい人間を好く。嫌うのは、その相手が、自分にとって、都合が悪い場合だ。

学生時代、ラインハルトはルドルフにとって、都合がいい相手だったから友人として付き合っていただけだったのだろうか。

そして今は、調印をしないラインハルトは、ルドルフにとって都合が悪い相手だ。言いなりにならないからこそ、その相手を嫌う。

それならば嫌われてかまわない。都合がいいだけの人間に、なるつもりはなかったから。

逆に、ラインハルトは己を親しんでくれる相手には、とことん甘い。ハンスもそうだ。けれど、それが裏目に出て、裏切られることが多かった。それでも、人を信じることをやめられない自分の性質は、甘いのだろうか。

こうして、深く傷つけられるというのに。

でも、自分の性質は変えられない。可愛げがない部分も、そして容姿に自信もなく、劣等感を感じてばかりの本当の性質も。

ラインハルトが自負するのは、信じた者にとことん尽くすその一途さ。変えられなくて傷ついても、そんな自分を受け入れて生きていくしかないのだ。そう覚悟を決めることができたのは、戦争が始まりもう二度と、ルドルフと会えないと分かった時からだ。

傷つけられても、それでも、そんな自分をいとおしく思ってやれるのは、自分一人だけ。誰からも愛されなくても、自分だけが、己を愛することができる。だから一人ではない。たった一人でも、愛する人がいるのだから。ルドルフがいなくなってから、そう思うしかなかった。

『お前もずい分、楽しんでいると思ったが』

ルドルフの言葉が、胸を抉る。抱き締める熱い抱擁に、我を忘れた。

改めて自覚させられる。まだ、ラインハルトの中で、忘れてはいなかったのだと。

未練がましく、想い続けていた己を呪う。

好敵手だと、そして気の置けない親友だと、ラインハルトは思っていた。そしてそれ以上に。列強がひしめくこの世界で、ローゼンブルグと、そしてラインハルトは何の後ろ盾《だて》も持っていない。人としては対等だと思っても、所詮、国力を持つライフェンシュタインとは違うのだ。

けれど、後ろ盾や国が違っていても、個人としての実力では負けたつもりはなかった。

列強の争いに巻き込まれ、小国であるローゼンブルグがそれらを相手に独立を守ったまま戦うのは、どれほど困難であったことか。

ローゼンブルグはその国の規模の割りに、地形にも恵まれ、ライフェンシュタインのような大国を相手に、戦争終結まで独立を守りきった。それは、司令塔であるラインハルトの戦略によるものというのが専《もっぱ》らの評価だ。

今こうしてラインハルトが、ルドルフに組み伏せられてはいても、それは大国の王か否かの違いであり、彼の持つ後ろ盾の差だけであって、…力で彼に負けたわけではない。

小さい国である分、ラインハルトが経てきた戦いは人が想像するよりずっと多くの辛酸に満ちたものだった。ラインハルトは何も持たない。ラインハルトをすくい上げてくれる大国の味方も、贔屓《ひいき》も、彼の実力を買ってくれる人物も、何もなかった。

ラインハルトが生き残るのに持っていたのは、本人の力のみ。実力でローゼンブルグを認めさせるしかなかった。努力と必死の想いに、結果は後からついてきた。通常以上の苦労と苦難の道を、ラインハルトは歩んできたのだ。

ルドルフはラインハルトから目を逸らした。着衣を殆ど乱していないルドルフは、立ち上がると、部屋の奥へと向かう。目指したのは、ハンスの部屋だ。

ルドルフが扉を開ける。けれどそこに人の気配はない。…よかった。やはり、ハンスは

うよ」

「あいつだって馬鹿じゃない。自分の名前を呼ばれて探しに来られたら、…逃げたんだろ
いなかったのだ。

「あいつは？」

ラインハルトには、ハンスがいないだろうことは分かっていた。悠然と、ズボンを穿く
と立ち上がる。

「それとも、最初からここにはいなかったのか？」

「さあ、な」

ラインハルトは眉をそびやかす。自らルドルフに近付くと、彼の手から煙草を奪った。

「そうまでして、俺に抱かれたかったのか？」

「まさか。こんなの…どうってことない」

平静さを装う。

本当は身体中がきしむように痛かったけれども。

ラインハルトは大きく煙を吸い込むと、ルドルフに煙をふ…っと吹きかける。

「せいぜいこんな下衆な手段じゃなく、俺を交渉で従わせてみろよ」

咥《くわ》え煙草のまま、ラインハルトは肩をそびやかす。

「ふん……」

虚勢と見抜かれただろうか。ルドルフはラインハルトを鼻で笑った。

「そいつがいないのなら、この場所にもう用はないな」

ハンスもラインハルトのこともどうでもいいとばかりに言うと、煙草を渡したまま外に足を向ける。

扉を開けると、軍部の人間らしい配下たちが外に立っていた。

乱れた衣服をまとうラインハルトに、下卑た視線が突き刺さる。ずっと外にいたのなら、ラインハルトがルドルフに何をされていたのか、彼らも分かっているだろう。わざと、外に部下がいる状態で、ルドルフはラインハルトを抱いたのだ。

ルドルフは、振り返りもしなかった。

どんなふうにラインハルトが抵抗し、ルドルフに無理やり捻じ伏せられ、そして屈服し喘がされたのか……。

固唾を呑んで、彼らは一部始終、様子を窺っていたに違いない。ラインハルトに最大の辱めを、ルドルフは与えたのだ。ルドルフの視線がなくなり、ラインハルトはテーブルに掌を突き、身体を支えた。

「く…っ…！」

ラインハルトは拳を握り締める。

もし駆け出すことができたなら、彼を追いかけて殴り付けることもできたのに。

もっと悔しいのは、最後まで抵抗しきれなかった自分だ。

彼の抱き締めた抱擁の熱さに、おのれだけが囚われた。

彼にとっては、弱さに付け込み、人を篭絡《ろうらく》する手段に過ぎないのに。女を落とす時の手段だ。身体を奪い、快楽で弱い部分を握り、言いなりにする。

そんな手段を使う人だとは、思いたくはなかったけれども。

いや、最初から騙されていただけかもしれない。

ラインハルトが信じていたルドルフなど、最初からいなかったのだ。

強烈な胸の痛みが込み上げてきて、ラインハルトは上着を握る指先に力を込める。

悲しみが胸を塞《ふさ》ぐ。

自分が傷ついているなどと、認めたくはなかった。

あんな男になど、傷つけられてなるものか。

あんな卑怯な、男なんかに。

声を出さずに泣く方法を、ラインハルトはいつの間にか覚えた。

二度と、泣くものか。あの男にだけは、泣かされてなるものか。

あの男のために流す涙だけは封印するとあの暗闇の図書室で心に誓ったのだから。

そう思いながら、傷ついた身体と瞳のまま、ラインハルトは悲しみを押し殺す。

＊＊＊

夜も更《ふ》けた頃、そっと人目を忍ぶように、扉が開いた。

「ハンス、どこに行っていた？」

もう時刻は深夜に近い。心配のあまり、つい、口調が咎めるものになる。

彼がいなかったことは、結果として彼自身の身を、助けることになったのだが。そして、ラインハルトも男に抱かれた嬌声を、聞かれずに済んだ。

声を掛ければ、なぜかハンスはぎくりとした表情を浮かべた。

「まだ、起きてたの……？」

おずおずと口を開く。

（……？）

自室に入らず待っていたラインハルトを、まるで恐ろしげなものを見る目つきで見上げる。

「ああ。どこに行っていた？　他の部下たちのところか？」

部下たちは引き離されているとはいえ、軟禁されているわけではない。見張りはついているだろうが、許可を求めれば、互いに行き来ができないこともない。ハンスも一日中部屋に込もっているばかりでは、息も詰まるだろう。

部下たちは、ラインハルトが和平交渉を進めているのだと、信じているに違いない。

「う、うん、そうなんだ」

扉を閉めながら、ハンスが頷く。なぜか目を合わせようとはしない。

様子がおかしい気がして、ラインハルトは椅子から立ち上がる。

部屋に入ってきたハンスの身体が、ここまでもたせていた気力がふっつりと途切《とぎ》れたかのように傾《かし》ぐ。

「おい…！」

ラインハルトは駆け寄ると、慌てて彼の身体を支えた。

「どうした!?」

「貧血を起こしただけ。ちょっと…あ、朝から風邪気味だったみたいだから」

とってつけたような理由が気になったが、倒れ込んだハンスの様子に、それを問いただすことも気にしている暇もない。

「すぐに医者を呼ぼう」

「いいから！　少し寝ていれば治るから！」

弾けるようにハンスが顔を上げる。

「大丈夫、だから……！」

猛然《もうぜん》とした抗議にあい、ラインハルトはたじろぐ。医者を呼ぼうとしたラインハルトの腕を、小さな身体が必死で摑む。ラインハルトが驚くような、必死の形相《ぎょうそう》だった。ラインハルトには簡単に振り解けるようなものだったが、ハンスの精一杯の力なのが分かる。

「お願い……！」

「分かった、から。摑まないでいい」

「あ、ご、ごめん。ごめんね、ラインハルト」

今気付いたかのように、ハンスが手を離す。

「ちょっと具合が悪くて、神経が昂《たか》ぶっている…みたい」

「ふうん？」

不審げに眉をひそめるが、それ以上に今は、ハンスの体調が心配だった。

「早く、ベッドへ」

「うん」

ラインハルトが促すと、ハンスは素直に従う。

ハンスの身体を支え、ラインハルトは寝室へ抱きかかえたまま連れていく。頼りないほどに身体は細い。

ベッドを用意すると、彼を寝かしつける。

酷く顔色が悪かった。

理由を訊ねようか訊ねまいか躊躇する。けれど、まず体調の心配が先に立って、訊ねる気持ちは失せていく。

ベッドに横たわる彼に、医師を呼ばないまでも薬を用意しようかと訊こうとした時、シーツの端から指をちょこんと出しながら、ハンスが逆に訊ねてくる。

「何かあった？　ラインハルト」

今度はラインハルトがぎくりとする番だった。

「…何？」

行為の後、ラインハルトは血の痕跡《こんせき》を消した。身体中から、ルドルフの匂いも消した。

「ううん、目が赤いように見えたから」

「夜も遅いせいだろう」

「そうだね」

ハンスは素直に納得したようだ。泣かされた痕だけは、消せなかった。

「夜も遅いのに、ラインハルトは相変わらずきちんとしているね」

感嘆と尊敬を交えて、ハンスが横たわったままベッドから見上げる。

ラインハルトはきっちりと詰襟を着込み、首元も留めている。隙のない姿、それが人前でのラインハルトの演じ方だ。実力より先に、見かけや外見で舐められては敵わない。けれど今は、別の意図でこの格好をしている。服の下に、男に付けられた痕があるとは、ハンスは夢にも思わないだろう。

「そんなことより、早く寝ろ。お前はあまり身体が丈夫なほうじゃないだろう」

「そんなこともないよ」

具合が悪いだろうに、気丈《きじょう》にハンスは微笑《ほほえ》んでみせる。

「お前をこの場に連れてきたのは、失敗だったかもしれないな……」

後悔が過《よ》ぎり、ラインハルトは顔を歪めた。

身体があまり丈夫ではないハンスにとっては、慣れない場所に連れて来るよりも、祖国にいたほうがずっといいことなのは分かっている。けれど、置いてきたくなかったのは、ラインハルトの我《わ》が侭《まま》だったかもしれないと、思い始めている。

「そんなことないよ。ラインハルトの判断は、いつも僕のことを一番に考えてくれてのことだって、僕は信じてるよ？」

信頼の込もった瞳が、ラインハルトの胸をつく。ラインハルトの気持ちの負担を軽減する言葉を、ハンスは選ぶ。相手の立場を慮《おもんばか》り気使う、それはハンスが真に思いやりのある人間だからに他ならない。だから、彼のためなら何でもできると、ラインハルトは思う。人を動かすのは、力ではない。思いやりだ。真心だ。ルドルフの言葉をラインハルトは否定する。

ハンスの言葉が、今のラインハルトには嬉しかった。傷つけられてばかりではなく、こうしてラインハルトを認め、味方になり評価してくれる者もいる。

守る者がいて、それに頼られて、それが幸せと言わずしてなんだろう。絶望に打ちひしがれても、わずかな幸せに、己の心の支えを見出す。

惨めだと思われても、他人の評価などどうでもいい。所詮他人は、ラインハルトを救ってはくれない。だとしたら、己を頼る者をいとおしく思う気持ち、それだけを大切にするほうがいい。

ハンスのために負けまいと、ラインハルトは決意する。

「具合が悪いなら、もっと早く言えよ。…俺がお前を守ってやる」

付け加えた言葉に、心からの決意を込める。それが一番、今のハンスに告げたかった言葉だったかもしれない。

「無理しないで」

ハンスは己よりも人を優先させる。具合が悪くても、まずラインハルトを気使うことができる。人を気使うのは、己に余裕がなければできないことだ。ラインハルトよりも本当は、芯は強いのかもしれなかった。

「僕は大丈夫。でも、ラインハルトのほうが心配だよ」

「なぜ?」

ためらった様子を見せた後、ハンスは言った。

「いつも強がって、あまり人に弱味を見せないから」

ラインハルトの胸が、ドキリとなる。

人に弱い部分を見せられず、甘えることもできない。でもそんな自分を変えることができないのだから、仕方がない。要領が悪くて損をすることが多くても、そういう性質の人間もいるのだから。それでもいいと認めるほうが、ずっと楽になる。

「寝れば治るから」

そういうハンスに上体を屈めると、ラインハルトは優しく頰に挨拶《あいさつ》のキスを落とす。

「そういえば…」

「何だ？」

「ううん、何でもない」

何かを言いかけて、ハンスは口を閉ざす。

「おやすみ」

「うん、おやすみ」

ハンスはそれ以上、何も言わなかった。


ハンスと別れ、一人ラインハルトは寝室に戻る。一人になった途端、ラインハルトもベッドに倒れ込む。ハンスには見せなかったものの、ラインハルトの身体も限界だった。

いつもならばハンスの様子がおかしいことを問い詰めようともするが、ラインハルト自身にもその余裕はなかったのだ。

ラインハルトが一人になった時を見計らい、窓が叩かれる。ラインハルトは軋《きし》む身体を起こすと、窓際に立った。

「…任務は覚えていらっしゃいますね」

低い声が囁く。連れて来た部下の一人だ。ラインハルトの任務を見届けるために来た。

「絶対に、…殺す。ルドルフ」

ラインハルトが決意を告げれば、部下は姿を消す。

さもなくば、ハンスが殺される。

＊＊＊

「ルドルフ、どうにもラインハルトは手強そうだな」

「…ああ」

薄暗い場所で、二人は対峙していた。

「今日の一件は聞いている。あいつの身体はよかったか?」

下卑た嘲笑が、戦略室に響く。ルドルフともう一人、外戚《がいせき》の叔父だ。彼は軍部の最高責任者の地位についている。

「……」

ルドルフは沈黙と軽蔑の込もった瞳で応える。叔父のギュンターは面白くなさそうに口を閉ざした。咳払いすると、改めて言った。

「分かっている。あの男に言うことを聞かせるために、仕方なく身体を使ったんだろう？　言うことを聞かないなら制裁を与えられて当然だ」

「それ以外に何の理由がある？」

ラインハルトを抱くことに、傷つけるため以外の意志はないのだと、ルドルフは断言する。

「目的のためには冷酷だな。さすが王位に就くだけの実力者だ」

「分かっているはずだ。目的のために利用できるものは利用する。今はこの国のことだけを考えている」

ギュンターに何を言われても、ルドルフは表情を変えない。

感情が見えないルドルフに、面白くなさそうにギュンターは鼻を鳴らした。けれど、部下からルドルフの、ラインハルトに対する処置の報告を受けているのだろう、言葉を疑うこともなく信じたようだ。

「あまり交渉期間が長引くとまずい。他の国が干渉してくるだろう。今度、私も会議に出席しよう。ローゼンブルグの国力が弱まっている今、一気にかたを付けたい」

「…俺もそのつもりだ」

ルドルフは腕を組む。

「利用できる者は利用すると言ったな。側近のハンスと言ったか、ラインハルトは彼をずい分大切にしているようじゃないか。その人物を奪い脅迫して調印をさせようと思ったが、ラインハルトのせいでうまくいかなかった」

ギュンターは、ルドルフの行動のすべてを、把握《はあく》しているらしい。

「その傷は、ラインハルトに殴られた痕か？　ライフェンシュタインの王族に手をあげておいて、あの男もただで済むとは思ってはいないだろう。立場はきちんと分からせてやれ」

制裁を加えろということを、暗に含まれる。

ハンスはたまたま不在で、命拾いしたようなものだ。

「分かっているさ」

「ラインハルトはずい分執着しているようだ。ハンスが一体どんな人物なのか、…調べる必要があるな。それか、その人物からラインハルトの弱味を聞き出すか」

ギュンターは考え込む素振りを見せる。

「そうだな。…どんな手段を使っても」

ルドルフは同意する。手段は選ばない。

「もし言うことを聞かないなら、あいつを、――俺が殺す」

ルドルフがきっぱりと宣言する。頼もしい表情で、ギュンターが見上げた。

利権に絡む男たちの思惑が、夜に溶《と》けていく。

＊＊＊

別の夜――。

「ん…っ、ふ、んむ…っ…」

可愛らしい表情が歪む。印象から受ける愛らしさには不似合いの、逞しく太いものが口《こう》腔《こう》を出入りする。ハンスは脈動を伝わらせる男のものを、咥えさせられていた。

椅子に座る男の足元に跪き、舌を絡ませ、茎を舐め上げ、必死で男に奉仕する。寝室を抜け出し、ハンスは言われるがままの場所に辿り着き、その男のものを咥えるのだ。

ちゅっ、ちゅっ…っと先端を吸うと、溢れ出す先走りの露《つゆ》を吸い上げ飲み込む。頬を紅潮させ、ハンスは慣れない行為に没頭する。

男は愛らしいハンスに淫猥《いんわい》な行為を強いても、表情を変えない。眼鏡の奥のクールな瞳からは、何の感情も窺えない。

鼻の上に指先を置き、洗練された仕草で眼鏡を直す。その指先を下ろすと、ハンスの耳に差し込む。

「あ……っ…」

びくん！　とハンスは身体を跳ねさせた。ぎゅ…っと目を瞑《つむ》り、ぞくりと背を戦慄かせながら、与えられる感覚に震える。髪を男が梳《す》けば、びくびくと肌が小刻みに跳ね、咥えさせられただけで感覚が鋭敏になっているのが分かる。

充分に凶器が力を漲らせると、男は口腔から勃起を引き抜いた。ハンスはくったりと床に座り込む。ハンスの肉根が膨らみを帯びて、服を押し上げていた。

口角からは蜜が滴り、放心したように視線が空をさまよう。瞳は潤《うる》み、頬は上気し、陵《りょう》辱《じょく》の痕を思わせる。官能に支配され、無理やり性の快楽を植え付けられた陶然《とうぜん》とした表情だった。普段のハンスからは想像もできないほどに淫靡だ。清楚な気配を漂わせているからこそ、痛々しくもあり、一層男の情欲を駆り立てる。

白い身体が、薄ぼんやりと四方を囲む石の壁に浮かび上がる。男は立ち上がると、ハンスの上着に手を掛けた。肩から上着を引きずり下ろす。

「あ…っ」

細く肉付きの薄い裸体を暴かれると、ハンスの理性が戻る。羞恥《しゅうち》に頬を染め、恥らうように肩から下ろされそうになる上着に手を掛ける。

「駄目だ。脱ぎなさい」

激しくはないが有無《うむ》を言わせぬ口調で男が命じると、ハンスは必死で羞恥に耐える表情を見せながら、上着に掛かった指先を、ゆるゆると下ろしていく。

抵抗できなくしておいて、男はハンスから衣類を剝ぎ取った。ハンスは震えながら、羞恥に耐えていた。可憐で痛々しい姿だからこそ、組み伏せ犯してもっと泣かせてみたいという、危険な欲望を抱かせる。

いやらしさには似つかわしくないピンクの薔薇のように頬を染め、しっとりと艶《つや》やかで愛らしい口唇が男に喘がされ、これから官能の涙を零すのだ。

男の身体の下に華奢な体軀《たいく》を組み伏せられる前に、ハンスの瞳には涙が浮かんだ。

「嫌なら、別にかまわないが」

興《きょう》ざめしたように男が立ち上がれば、ハンスははっと目を見開く。

「ご、ごめんなさ……」

慌てて、背を向けようとした男のズボンの裾を、はっしと摑む。必死で引きとめようとするハンスに、男は向き直る。

「お、願い、です……」

涙の浮かんだ瞳のまま、ハンスは立ち上がり、見下ろす男に向かって頭を下げた。

「どうか…だ、…だい、て、く、ださ…」

語尾の最後は言葉にならず、懇願に嗚咽《おえつ》が混ざる。

「う…っ…」

明らかに慣れない言葉を告げたハンスの瞳に、涙が溢れる。けれど、男は冷酷だった。

「そうはいっても、どうせ嫌がり逃げ出そうとするんだろう?」

はなから、ハンスの言葉など、男は信じてはいないようだった。

「いえ…！　いいえ、そんなことは……」

ハンスは必死で首を横に振る。忠実である証《あかし》を、示そうとするかのように。

ハンスが裾から手を離すと、男は部屋の隅に向かう。

不興《ふきよう》を被《こうむ》ったのだろうか、二度と、取り返しのつかないことをしたのだろうか。ハンスは怯えながら、彼の背を目で追った。

彼は部屋の隅に置かれていたものを取り上げると、もう一度、ハンスの元に戻ってきた。

戻ってきてくれた、そのことにハンスはほっと安堵する。けれど、その手に握られていたものを見た時、背筋に戦慄が走った。

「そ、それは……」

「捕虜《ほりよ》を捕えるのに使っていたロープだ」

ぴん！　とハンスに見せ付けるように両手で男はロープを左右に引っ張ってみせる。張られた紐《ひも》が、ハンスの胸を凍らせた。

「抱いてもいいというのなら、逃げないようにさせてもらう」

男がハンスの裸体に縄を回す。

「あ…や…」

拒絶の言葉を、ハンスは必死で呑み込む。嫌とこれ以上言うことはできない。拒絶すれば、男は身を翻し、ハンスをこの場に残したまま部屋を出て、二度と戻ってはこないだろう。

両手を後ろ手にされ、裸体に縄を掛けられた。これから、ハンスは縄を掛けられ縛られた姿で犯されるのだ。辱められる姿を想像すれば、なぜか肉根が興奮するのが分かった。

男である自分が、同じ性を持つ男の玩具になる。尻穴を犯され、快楽に突き落とされる。両足を広げ、普通に犯されるだけでも恥ずかしいのに、ましてやハンスは縄で縛られた姿で肉楔を埋め込まれるのだ。なのにこれから絶対的な力の差の元に、男に縛られ犯されるのかと思うと、異常な興奮がハンスを包み込むのだ。

ハンスが妖しい興奮に肌をざわめかせているのに、縄を掛ける男は気付いたのだろう。

ふ…っと薄い口唇が上がる。

浅ましい身体に強烈な羞恥を覚え、ハンスは身体を縮こまらせる。

しっかりと縄を巻きつかせると、男はハンスの身を眼前に晒《さら》した。

縛られているだけではなく、その姿を眺められる…それは犯されるよりも激しい羞恥だったかもしれない。男根を咥えさせられていた時よりもずっと、ハンスの頬は赤くなる。

縄が、ハンスの胸の突起の上を走る。麻でできた素材は、ちくちくとした感覚を皮膚に与えた。けばだちに痛みを覚えるどころか、鋭敏になりすぎた肌は、それすら快楽に変えていた。

「あ…は、ぁ…、あ、ふ…ぅ…っ」

縛られているだけだというのに、吐息が次々と零れ落ちる。

男はハンスの反応をクールに見下ろすと、二重に巻かれた縄の隙間から覗く胸の尖《とが》りに指を掛けた。爪先で引っ掻くようにすれば、驚くくらい激しく、ハンスの身体が跳ね上がる。

「あああ…っ！」

　嬌声が零れ落ち、ハンスの肉根が反応を示した。官能に耐えきれなくなったように、ハンスが背を仰《の》け反らせる。

　背後の床に倒れ込みそうになる身体を、男は手を伸ばし支えた。そして、倒れ込むのは許さないとばかりに、背後の壁にハンスを座ったままもたれさせる。

　これで、ハンスは後ろに逃げようとも、壁に阻《はば》まれ逃げられない。

　逃げ場所を奪っておいて、男は存分にハンスの身体を嬲った。

「あっ、んっ、や、んん…っ！」

　抵抗の言葉を吐こうとして、そのたびに止めようとするハンスの健気《けなげ》さに、男の愛撫の手は増すばかりだ。男の薄い口唇が、ハンスの胸の尖りを捕えた。ちゅく…っと音を立てて肉粒を食《は》む。

　びくびくと痛々しいほどに、ハンスの身体が震えた。抵抗できない身体を、男が存分にしゃぶる。縛られて好きに扱われているのだと思えば、己がこの男の玩具であるという自覚を、存分に知らしめた。己の身体が男の玩具にされるだけの事実に、切なさがハンスの胸を過《よ》ぎる。

　それは、ハンスが望んだことだったけれども。

「固く尖っているな。縛られたほうが感じているのか？」

口腔に突起を含みながら、男が告げる。言葉を形作ると、柔らかく歯が突起を甘噛みする。歯を立てられて、ハンスは胸に広がる官能に身悶《もだ》えた。

「う、ああっ、う」

下肢が自然に揺れる。後ろ手に縛られているせいで、ハンスは勃ち上がりきった肉根を、自らの掌で扱くことができない。もじもじと膝を擦り合わせながら、下肢に込み上げる射精感を耐える。

男が言うとおり、胸は尖りきり、ふっくらと充血していた。おずおずと目を開けば、縄に挟まれた突起を、男が舌先で舐めるのが見えた。

突起には唾液が滴り、ぬらぬらと光っている。縛られたせいか、歯で甘噛みされたせいか、突起は真っ赤に染まりきっている。

「ひ、う…っ！」

淫猥すぎる光景に、ハンスは目を逸らす。けれど細い顎《あご》を、長く神経質そうな指先が捕えた。顎を取られ引き戻され、ハンスは自らの身体が男の嬲りものになっている光景を、見せ付けられる。

顎を取ったまま、男はハンスの尖りに再び顔を寄せた。赤い舌が触れる寸前まで近づく。

すると、ハンスの咽喉は期待に鳴ったのだ。その反応に、男はほくそ笑んだ。

羞恥に頬を染め、泣きそうな思いをハンスは味わう。舌はハンスの尖りを舐めてくれるかと思ったのに、なかなか触れようとはしない。

じれったい疼きに、ハンスは身を焼かれるようになる。うずうずに疼ききった身体は、もう圧倒的な力で支配する男の、言いなりだった。

「舐めてあげようか？」

口調は丁寧《ていねい》だが、周囲を圧倒する迫力がある。返事をするまでもなく、ハンスの心は期待に疼いた。膝を擦り合わせ、放出をもたらす官能が与えられるのを、じっと待つしかない。

「も、もう……」

男はハンスが泣き出しそうになると、やっと舌を尖りに近づけた。

近づいて、くる。男の舌が、突起を捕え口に含もうとする光景が、ことさらにゆっくりと目に入る。もしかしたら、わざとハンスの羞恥を煽るために、男がそうしたのかもしれなかった。

ぷっくりと膨らんだ尖り、それを男の舌先が舐め上げる。

「ああ……」

やっと与えられた感覚に、ハンスは羞恥どころか安堵と快楽に染まった嬌声を上げた。

舌先だけで、男はハンスを責め続ける。尖りをすっぽりと含み吸い上げても欲しいのに、尖らせた舌先が尖りをつつくだけだ。

くすぐったさとじれったさが、ハンスを快楽の懊悩《おうのう》に突き落とす。舐めて欲しくて、自ら胸を突き出してしまいそうだった。胸を震わせれば、紐で一体になった手首へとその振動は伝わる。じれったさに身悶えるたび、ぴんと胸に回された紐は張り詰め、手首に一層食い込み、緊縛《きんばく》の度合いを強くする。

細い身体にきつく食い込んでいく紐に、ハンスの感覚のすべてがさらわれていく。

縛られて玩具にされているというのに、初めて身体を奪われた時よりもずっと、官能を感じているのはなぜだろう。

尋常ではないことをしているという自覚と、それでも感じる己の浅ましさの狭間で、快楽が増幅されていく。被虐《ひぎゃく》と背徳が、甘美な悦《よろこ》びに変わり身体を打ち震わせる。

「んっ！　あ、あふ、う…っ、あ、あ」

尖りを飴《あめ》玉をしゃぶりつくすように舐めつくすと、男はハンスのこめかみに掌を差し込む。柔らかい真っ直ぐな黒髪を摑み取ると、強引に上向かせ、首筋に口唇を落とした。

「ひゃ、う…っ！　あ、ああ！」

ここに来てから何度目かの行為で、男はハンスが耳から首筋に伝わるラインが弱いことを、探り当てていた。

可憐な表情が歪み、快楽に喘ぐ。その表情を男はたっぷりと眺めた。

甘い疼きをひっきりなしに与えられ、けれど肝心な部分に男は触れようとはしない。

ハンスは快楽だけを煽られ、身体を燃え立たせていた。刺激は麻薬だ。

もっと深い快楽が欲しくて、たまらなくなる。

次第にハンスの言えない部分が熱を帯び、綻《ほころ》び始めた。ここを逞しいもので散らされることを、ハンスは望んでいる。

快楽に、負けてしまいそうだった。身体が先に、目の前の男に従った。

「足を広げて。そうしたら、そこも弄《いじ》ってあげよう」

甘美な誘惑に、ハンスはなす術《すべ》もない。おずおずと両足を開いていくと、ご褒美《ほうび》のように男がハンスに口づける。

「んん…んむ…っ…」

口唇も、目の前の男は奪う。花びらのような貞操《ていそう》も、可憐な口唇も、ハンスから何もかもを、冷徹なこの男は奪い去った。

口唇がハンスのものを捕えると、空いた胸の尖りを、今度は大きな掌が掴み取る。胸を覆い、指先が突起を挟み込みながら、快楽を送り込み続ける。

「あふ、あ、んっ！　は、ハァ…っ」

唇を塞がれ、責め苦を受け続ける。息をつく間もなく官能に叩き込まれる。

掌がしっとりと汗の浮かんだ肌を滑《すべ》り下りていく。ある一点を目指して。

やっと待ち望んだそこを弄ってもらえる期待に、胸が高鳴る。

指は茎を弄りはせず、後孔にひと息に下りた。ずぶ…っと音を立てて、蕾に指が潜《もぐ》り込む。

「ハァ…う、あ」

散々焦《じ》らされたせいで、先走りの蜜を溢れさせていたハンスは、肉根を伝わって、蕾をしっとりと濡らしていた。指は潤《うるお》いを与えられ、抵抗なく侵入を開始する。

肉は従順に指を受け入れた。身体は燃え立ち、細い指の刺激だけで達ってしまいそうだった。

ぐちっぐちっ、と肉擦れの音を立てている場所は、本当に自分の陰部なのだろうか。与えられる甘い責め苦を、現実味のないものとして、ハンスはとらえていた。指は次第に増やされ、いつの間にか三本を数えるまでになっていた。充分に広げると、ずるりと指が引き抜かれる。

鋤られたそこは、指を失っても柔らかく解れている。男の掌が、ハンスの膝に掛かった。両膝をぱっくりと割られる。そして狭間に身体を潜り込ませる。

何も身に着けない下肢の間に、男の身体を挟み込まされるのは、たまらない羞恥を呼び覚ました。

男は下肢を寛《くつろ》げる。下肢に生え、脈動を伝わらせた逞しいものを見た時、ハンスの咽喉がひゅっと恐怖に鳴った。

これから、目の前の強い男に、自分は犯されるのだ。そう思えば、切なさと共に陶然とした快楽が、ハンスの胸に込み上げる。速い鼓動を脈打ちながら、征服される瞬間を待つ。けれども、切ない胸の痛みと共に、甘い期待が胸に浮かぶのを止められない。

男は無理やりハンスを犯そうとはしない。最後は必ずハンスに選ばせる。それが、ハンスから言い訳を奪う。自ら望んで抱かれているのだと、ハンスに自覚を促《うなが》すのだ。

「…おいで」

男は胡坐《あぐら》をかくとハンスを待った。

「は、はい…」

本当は立ち上がるのもつらい身体だった。けれど、必死に膝を立てると、目の前の男に向かう。

「こうされたいんだろう？」

座ったままの姿勢で、男はハンスを身体の上に乗せた。肩に顎を乗せると、ハンスはゆっくりと息を吐く。男はハンスが待ち望んでいたものを、ハンスに与えた。

「あ、あああ…っ！」

ハンスは猛りきった剛直を受け入れる。埋め込むと、すぐに甘い突き上げが始まった。快楽の炎に焼かれ、ハンスは身悶える。

「あっ、あんっ、あっ、は、ぁ、ん……」

快楽に喘ぐたびに、手首に紐が食い込んだ。縛られたままの姿勢で、大切な部分を明け渡し抉られる、快楽と共に胸に痛みをもたらした。

「うっ…ひ…っく」

挿入され突き上げられ、ハンスはやっと涙を零した。今なら、快楽の涙に誤魔化せるから。ぼろぼろと大粒の涙を男の肩口に零しながら、ハンスは喘いだ。

突き上げが速まり、ハンスも男も、絶頂が近いことを悟る。

気を失う寸前、ハンスは彼の耳元で、小さな声で願う。

「ラインハルトを…助け、て……くださ…」

自らのせいで、ラインハルトが犠牲を払っていることを、ハンスは知っていたのだ。ラインハルトはハンスが気づいていることを、知らない。

ラインハルトが窮地《きゅうち》に陥っていることを、ハンスは理解している。

助けてあげて欲しい。けれど、ハンスは何も力を持たない。相談できる人もいない。

部屋を抜け出し、廊下をうろうろと迷い、廊下で転んだハンスを、見張りから連絡がいったのかそれとも偶然か、助け起こしてくれたのが、エーリヒだった。

彼に会うまでは、心細くて、泣きそうだった。

『困ったことがあったら、…いつでもおいで』

助け起こしてくれた彼は優しくて。本当に優しくて。

冷たそうに見えたのに、眼鏡の奥の瞳が柔らかく穏《おだ》やかに微笑んでいて、ハンスは胸を射抜かれたようになった。

なのにどうして。

ラインハルトを助けて欲しいと願ったら、そのためなら何でもすると言ったら、いきなり冷たくなった。どうしてこんな酷いことを、するんだろう。

「エーリヒ……」

絶頂の直前、ハンスは犯す男の名を呼んだ。

＊＊＊

交渉の会議に使用されている部屋に入った時、ラインハルトはいつもと違う不穏《ふおん》な空気を感じ取る。

ラインハルトはいつもと同じだ。ローゼンブルグ側からは、一人で臨む。ハンスのことは、身の回りの世話をさせる従者として紹介してあるから、この場所には来ない。

側近と紹介して、またハンスが恨みを買うことになるのを避ける為だ。

最近、ラインハルトが会議から戻っても、ハンスは部屋にいないことがあるようだ。

（……）

視線をざっと部屋全体に走らせると、さりげなく出席者の様子を窺う。長方形のテーブルに着いたルドルフと、彼の一番近い場所にいるエーリヒ、そして部屋の隅に控える部下たちだ。

おや？　ラインハルトは眉を寄せる。

……部下の顔ぶれが違っていた。以前の部下は、王宮に仕《つか》える者としての鷹揚《おうよう》さと、生《き》真面目さが窺えた。だが、今は好戦的な雰囲気を持った男たちが、部屋に控えていた。国王がいる場所として、身なりは整えているものの、粗暴《そぼう》な気配がある。戦略を練るよりも、腕っ節《ぶし》の自慢に重きを置いている男たちのようだ。

軍装も、ルドルフたちと若干違う。ライフェンシュタイン内部で、何か立場の区別があるのだろうか。今日新たに部屋に控えている男たちは、自らの立場にプライドを持っているように見えた。でもそれは、嫌なプライドの高さだ。鼻に掛けているような、鼻持ちならなさを感じる。それを感じさせてしまうのは、頭のいいやり方とは言えない。

ルドルフの部下はどうしたのだろうか。ルドルフはクールな面持《おもも》ちで、席に着いている。真に力があるからこそ敢えてそれを誇示《こじ》しない、ルドルフのほうが部下の男たちよりずっと、人間的な成熟を感じさせる。

(これは……)

視線が、席に着いているある男の上で止まった。その人物は、部屋の中でも圧倒的な存在感を放っていた。部下の誰とも違う、一目で彼が普通の人物ではないことが分かる。口《くち》髭《ひげ》をたたえた貫禄《かんろく》のある男だ。ラインハルトたちよりずっと年上だが、顔かたちも整っており、若々しさに漲っている。油断のならない目つきをした男だった。

いぶかしげな視線を彼に向けているのに気付いたのだろうか、ルドルフが彼を紹介する。

「彼、ギュンターは軍部の最高責任者だ。今日はこの席に着いてもらった」

軍の最高責任者、その彼が我がもの顔で、ルドルフと同じ席に着いている。ライフェンシュタインでは、ずい分軍が幅をきかせているようだ。

テーブルの上には水差しと、水の入ったグラスが既に準備されている。一応、話し合いという形式を整えるつもりはあるようだ。

「先日は話し合いにルドルフが訪れた際、邪魔が入ったようだが、それからお気持ちは変わられましたかな？」

ギュンターが、ルドルフより先に口を開く。下卑た視線が、肌に突き刺さる。軽い軽蔑の混じった口調は、ラインハルトが何をされたか知っているのだろう。

羞恥と屈辱に下腹が熱くなりかける。けれど彼の挑発に乗るわけにはいかない。

交渉は感情的になったら終わりだ。弱味を見せた瞬間、足元をすくわれる。もしかしたら、ラインハルトが感情を迸らせた瞬間に、わざと難癖《なんくせ》をつけて引き換えに調印を迫ろうとでも考えているのかもしれない。

「せっかくご足労《そくろう》いただいたというのに申し訳ありませんでしたね」

ラインハルトは冷静な面持ちでいなす。

「使者を辱めているのだと隣国に伝われば、立場が悪くなるのはそちらのほうではありませんか？　私はかまいませんけれども」

身体を開かれたことは何も気にしていないのだと、ラインハルトは告げる。クールな美貌にうっすらと冷たい笑みを刷く。

「さすがラインハルト殿ですね。部下の方を守るためなら、何事も厭《いと》わない心をお持ちだ」

「それはお褒めいただき、ありがとうございます。私がそういう性質だということがお分かりいただけたなれば、無駄なことはされないほうがよろしいと思いますけれども」

腹に一物を含みながら、丁寧な言葉だけの応酬《おうしゅう》が続く。事情を知らない者が見れば、友好的な話し合いが行われていると、勘違いをするかもしれない。

「そうですね。よく肝に銘じておきます。あなたのような方を部下に持てば、我が国の部下もいい目標ができたと思うでしょうね。見習わせたいものです」

部下に持つ、暗に降伏を意味する言葉をギュンターは交える。

「いえ、私ではあなたのような立派な方の部下はなるには、役者不足です」

「そんなことはありませんよ」

薄い笑いが辺りに響く。

「ただ、腑《ふ》に落ちない点があるんです。…部下の方の件で」

言葉遊びのような応酬の合間で、ギュンターが鋭く切り込む。油断すれば、一瞬にして足元をすくわれるだろう。

「ずい分大切にしていらっしゃるようですね、そちらの部下の方を。身の回りの世話をさせる方にしては、過ぎた扱いではありませんか？」

「それが何か？」

「ずい分執着なさっているようだ。単なる従者に対する以上の感情を抱いているのではないかとうがった見方さえ、してしまいそうになりますよ」

「仕事上の片腕でもあったものですから」

「それにしては、戦略上の評判は、あまり聞いたことがありませんね」

　表情に浮かべることはないが、内心に生じたかすかな動揺を、膝の上の拳の中に握り締める。

「そちらの情報収集に、何かの手落ちがあったのでは？　どれだけ優秀であっても、戦中の混乱は、よくあることです」

　ラインハルトはそらっとぼける。

「本人も虚栄心の強いほうではなく、どちらかというと目立つことを嫌う性質でもありますからね」

「謙虚な性質は、誰にも好かれるものですね」

「ええ。権力に欲をかくと、ろくなことはありませんから」

軍の最高権力者ということからも、目の前の男が権力欲の強いタイプだと、ラインハルトは見て取る。周囲の協力で今の地位に押し上げられたというよりも、他人を踏み付け蹴落とし、そのためには手段を選ばないタイプに見える。だがそうやって手に入れたものは、綻びるのも早い。因果応報《いんがおうほう》、世の中とはそういったものだ。

「どうやらあまり、従者の方の話題を振られるのは、お好きではないようだ」

ギュンターはやはり、只者《ただもの》ではない。権力に強欲でありながらも、わずかなラインハルトの動揺を、見抜いていたようだ。

「片腕でありながらあまりその名が聞こえてこなかったのは、何か理由がおありかな？」

それは、ローゼンブルグにおいて最大の秘密であり、ラインハルトの弱点でもある。

ここで、負けるわけにはいかない。

彼が弱点を突くというのなら、ラインハルトもルドルフの、そしてこの国の弱点を探り当ててやる。

それは、何だ。

互いに一歩も譲らない。

表情はあくまでも平静で、睨み合うこともない。

友好的で、口元にはうっすらと笑みすら互いに浮かべている。

けれど話す内容は限りなく物騒だ。

「大切な方を奪われるというのは、悲しいことです」

「それはどういう意味です？」

さすがに、交渉の場で脅迫の混じった言葉を吐かれては、聞き捨てならない。

「一般論ですよ」

「ギュンター」

今まで黙ったままだったルドルフが、初めて口を開いた。たしなめるように言う。

「調印さえ同意してもらえれば、それでいい」

「…そうだな」

不承不承《ふしょうぶしょう》といった態度でありながらも、ギュンターは引き下がる。

ラインハルトはテーブルの上のグラスに手を伸ばす。話がハンスから逸れたことに、わずかながらも安堵が生じ、ゴクリと水を飲み込む。思ったよりも緊張に、咽喉が渇いていたのを知る。

「それで、調印しないというお気持ちに変わりは？」

「ありませんよ」

ラインハルトは突っぱねる。どうやら、ルドルフはもちろんだが、ギュンターのほうが、調印を強引に推し進めようとしているような印象がある。

ラインハルトがグラスに口をつけ、水を飲むのを見届けると、ギュンターは席を立った。

一瞬、ギュンターがルドルフに、ちらりと目線を走らせる。

（……？）

妖しい気配に、胸がざわめく。

「まだ、お気持ちは変わらないようだ。少し時間を置いたほうがいいかもしれませんね」

いたずらにこの場を長引かせるよりも、そのほうがいいと判断したのだと、ギュンターは告げる。彼が席を立つと、他の部下たちも彼について室内から出て行く。

やはり、ラインハルトが見たとおり、彼らはルドルフの部下というより、軍部の、ギュンターの部下なのだろう。

ずい分、軍部が出張っているものだ。

部屋が静まり返る。

「軍部をずい分のさばらせているんだな、不甲斐《ふがい》ない」

ギュンターの一派がいなくなり、ラインハルトは言葉使いを遠慮のないものに変えた。

ルドルフは何も答えない。

「だがお前もハンスも、俺の心一つだ。ギュンターが手を下さなくても、な」

一瞬でも、ルドルフがギュンターからラインハルトを庇ってくれたのかと思ったのは、錯覚だったらしい。

やはり、この男もギュンターと変わらないのだ。

「俺が、殺されることを恐れる人間だとでも？」

「ハンスを殺されるのは困るんじゃないのか？」

どこまで、この男はラインハルトの事情を知っているのだろうか。

「俺に調印をさせるために脅迫という手段を使うというのなら、それでもかまわない。けれど、俺がそれで大人しくしているような人間だとも思うな」

卑怯な手段は、ラインハルトがもっとも嫌う手段だ。卑怯な手段を向けられるほどに、負けまいと燃え立つ。北風と太陽とはよく言ったものだ。悔しさや理不尽なものに立ち向かおうとする心、それがラインハルトを一層強くする。悔しさをばねに、それがラインハルトの力になる。

自分を言いなりにしようとするのなら、ライフェンシュタインは手段を間違えたのだ。

「弱味を握ったつもりでいるなら大間違いだ。弱味を探ろうとするほどに、俺もお前の弱味を見つけてやろうとする、そうは思わないのか？」

ルドルフの弱味、そんなものがあるとは思えなかったが、今はそんなことを気にする必要はない。けれど弱味を見つけると言った時、ルドルフのこめかみがぴくりと反応したような気がした。

何か、ある。

「人を脅迫し貶めるときは、同じだけの痛みを与えられると、それなりの覚悟をしろよ」

見つけてやる、挑発で返す。

緊迫した空気が流れる。二人の間に流れるもの、それは殺伐とした空気だけだ。

ハンスを傷つけようというのなら、何があっても守り通す。きっとそれが誰であっても、ラインハルトは許すことができないだろう。

「冷静な話し合いを、建設的にしたいものだな」

ふと、ラインハルトがこれだけのことを言っても、誰も止める者がいないことに気付く。いつも会議室ではルドルフのそばに控えているエーリヒの姿が、いつの間にか消えていた。

嫌な予感がした。

「この場にいてもギュンターが言うとおり、時間の無駄なだけのようだ」

ラインハルトは立ち上がろうとする。けれどすぐに椅子に身体が崩れ落ちる。

(何だ…っ？)

初めての感覚だった。わけが分からず、いつもの動作でもう一度立ち上がろうと試みる。けれど、立ち上がることはできない。膝に力が入らなかった。

「さあ、二人きりで冷静な話し合いをしようか」

ラインハルトの言葉尻を取って、ルドルフが言った。

動けない。

飲み物に、薬が…？…

身体が痺れ、次第に指先までが麻痺していく。テーブルに突っ伏すように崩れていくラインハルトの身体を、ルドルフが引き上げる。そして床に引きずり下ろされる。

「さっきの水のグラスに、薬を…？」

「毒じゃない。ただ数時間だけ、思うように身体を動かせなくなるだけだ」

「卑怯、な…っ…」

ラインハルトはぎり、と奥の歯を嚙む。床に肢体を横たえさせられたラインハルトの身体の上に、ルドルフが覆い被さってくる。

詰襟を開かれ、両足を割られて、ラインハルトはルドルフの意図を知った。

「く…っ…」

二度と起こさせまいと思ったことが、もう一度この身に起ころうとしている。

「どんな手段を使っても、調印をさせるのが俺の狙いでね。素直に調印したい気にさせてやろう」

整った相貌が、壮絶な笑みを刷く。

「身体、で…っ、言うことを聞かせようとしても、無駄、だ…っ」

もう二度と、彼に抱かれたくはないと思ったのに、悪夢が再び訪れようとしている。

「お前も楽しんだほうが得だ」

ルドルフの口唇が、ラインハルトの咽喉元を滑った。

「ん、ああ……」

吐息を零しかけた時、かたん…っと扉に何かが当たる音がして、ラインハルトははっとなる。

扉の外に、人の気配があった。

(外に、見張りが…っ)

見張られているのが分かる。

何をされているのかも全部、知られてしまう。

「やめ、ろ…っ」

薬で痺れ、思うままにならない身体で、必死でもがく。

『…しぶといな』
扉の外で、舌打ちが聞こえた。
（ギュンター…？）
男に抱かれる一部始終を、外で聞かれている。限りない羞恥が込み上げた。
なのに、ルドルフがラインハルトから下肢にまとう布を剝ぎ取っていく。
太腿を、大きく割り開かれた。
ルドルフは、外に見張りがいることに、気付いているのだろうか。
身体を重ね合うことを知られても、かまわないのだろうか。
「どんな手段を使っても、お前に調印をさせてやるさ」
その手段が、ラインハルトを傷つけることなのだ。熱い楔が潜り込んだ。
「あ、あああ！」
ラインハルトの嬌声に、外でごくんと唾を飲み込む音がした。
（――…っ）
「くっ、ふ、う…っ」
動けない身体を、ルドルフは存分に愉《たの》しんだ。
様々な体位を取らされ、ラインハルトは犯された。後ろだけで感じ、射精することを強要されもした。

そのうち、ラインハルトは快楽に耐えきれなくなる。ルドルフはいつも、ラインハルトが音《ね》を上げるまで、抱こうとするから。

抱き殺される。まさにその言葉がぴったりの激しさで、ルドルフがラインハルトを抱く。

「ああ、あああ」

薬のせいで、ラインハルトはいつもよりも鋭敏になっているらしかった。それは、耐えきれないほどの愉悦《ゆえつ》を、下肢と肉茎にもたらした。ずきりと強烈に前茎が疼き、射精感に支配され、たまらなくなる。

「まだ、気は変わらないか?」

「絶対、に、いや、だ…あああっ!」

甘い声で喘がされ、疼ききった場所に捻じ込んで欲しいと懇願させられた。それこそ、男であるのが嫌なくらいに。

「お前、など…っ」

身体は重ねても、憎しみだけが募る。ラインハルトが彼を罵るたびに、ルドルフの行為はもっと激しくなる。

薬に侵《おか》された身体を、下から揺さぶられ続ける。

「調印しない限り、お前をこうして、――抱く」

「っ……!!」

屈辱の脅迫に、楔を埋め込まれた部分が戦慄いた。

「嫌ならば、素直に調印すればいい」

「それだけは、絶対に」

「いつでも、俺はお前を殺せる」

ずんずんと腰を突き上げながら、ルドルフが言った。

「そうしたら、調印をする者がいなくなる。オーストリーとブリスデンに、ライフェンシュタインに攻め込むきっかけを、作るだけ、だ、……っ」

「ふん……」

ルドルフが面白くなさそうに、鼻を鳴らした。彼も自国を取り巻く情勢は、分かっているらしい。調印を急ぐのも、長引けば、オーストリーやブリスデンに、付け入る隙を与えることになるからだ。彼らの干渉を受ける前に、ローゼンブルグのみに接触し、一気に領土を征服してしまいたいらしい。

早く戦いが終わるならと、和平という申し入れを信じて、のこのこやってきた己が恨めしくなる。

（いや……）

和平という申し出を、不服に思っていたラインハルトの裏の、ある存在のほうが、今ばかりは先を見通す目があったということだろうか。でも、彼ら、軍部は好戦的で、自国をもう一度戦争に巻き込む危険性を孕《はら》んでいる。

「俺を殺したければ、殺せばいい…っ…。でも、分かって、るんだろう？　殺すということが、俺への脅しにならないこと、は…っ」

自分の身を傷つけられることは、どうでもいい。己の痛みだけならば気にならないし、絶対に屈しない。そして、ライフェンシュタインは、調印の機会を永久に失う。

「手段を、間違えたな…っ」

殺すという脅迫は、ラインハルトに使うには間違っている。

却《かえ》って負けるものかという気持ちを起こさせる。

『いつでも、俺はお前を殺せる』

そういったルドルフの言葉こそが、ルドルフの本心なのだろう。

見えない涙を、ラインハルトは心の中で零した。

「一人で、歩ける…っ」

「強がりを言うな」

薬は既に効力を弱め、殆ど体内から抜けている。肌が痺れるのは、薬の効力というよりも、ルドルフに抱かれた余韻《よいん》に敏感になっているせいだ。

ルドルフはラインハルトの身体を抱きかかえながら、通路を戻る。

彼に身体を支えられ、ラインハルトはふらつきそうになる足に力を込めた。彼の肩に腕を回し、引きずられるようにして部屋に戻る。

「う…っ」

ぐらりと、身体が傾ぐ。床に打ちつけられる前に力強い腕が伸び、ルドルフに支えられる。

「摑まってろ」

「え…?」

ラインハルトが床に打ち付けられても気にしないだろうと思ったのに、意外だった。殺すと言ったのだから、部屋で抱いた後、床に打ち捨て、放っておいてもいいだろうに。

扉を開いた途端、中にいたハンスが目を見開く。

「どうかしたの!?」

ルドルフに抱えられて部屋に戻ってきたラインハルトに、ハンスは驚きながら席を立つ。

出迎えようとするハンスの前で、ラインハルトは長椅子に倒れ込む。

ルドルフが強い眼光で、ラインハルトを見下ろしている。

「大丈夫？」

「…ああ」

まだ薬の余韻が残っている。ハンスが触れ、自分でも驚くくらいびくりと肩が竦んだ。

「離れて、くれ」

「え…？」

「何でもない」

ハンスに気付かれるわけにはいかない。

「同病相哀《どうびょうあいあわ》れむ、か。麗しい光景だな」

「ギュンター!?　なぜここに」

ルドルフは驚いたようだった。

「どういうことだ？　ルドルフ。結局調印をさせなかったようじゃないか。」

彼の声には苛立ちが強く窺えた。

「まさか抱いている内に情でも移したか？」

に。

「馬鹿な」

ルドルフが吐き捨てる。

その言葉に、ラインハルトの胸がズキリと痛む。

ルドルフはきっぱりと否定する。

何の感情もないとはっきりと言われるのはつらい。せめて何か、気持ちがあればいいのに。

それは憎しみであってもいい。憎む相手への最大の復讐は、その人を真に心から忘れることだと言ったのは、誰だったたか。憎んでいる限り、彼に囚われているのだと気付かされる。

名前も思い出せない。…そうなるのが一番の復讐なのだ。己がどれほど幸せかを憎む相手に見せつけようとする人間もいるらしいが、それは自らの矮小《わいしょう》さと器《うつわ》の小ささを露呈《ろてい》するだけだ。

人と比較して幸せになろうとしている時、幸せにはなれない。人より幸せを誇示しようとしている時も。

「さっさとかたを付けよう。」

部下がいない場所で、ギュンターも仮面を外した。苛立たしそうに言いながら、ギュンターが銃を構えた。はっとなり、ラインハルトは椅子から起き上がると、ハンスを庇って前に立つ。ラインハルトの胸が凍りつく。

やはり、ラインハルトが感じたとおり、ギュンターという男は油断ならない男だった。軍部を扇動《せんどう》し、ローゼンブルグを属国に貶めようと、考えているらしい。

「従者一人くらい殺しても、大したことにはならないだろう」

ギュンターの意図が分かる。ハンスを殺されたくなかったら調印しろと脅しているのだ。

「そうだな」

ギュンターの代わりに、ルドルフが銃を構える。

「あなたよりも俺のほうが、狙いは正確だ」

ルドルフが自信たっぷりに言う。そして、照準をハンスに合わせた。

「な…っ…！」

（──っ…！）

ラインハルトは息を呑む。背後で、ハンスが青ざめるのが分かった。

ルドルフが、ハンスを撃とうとしている。

好きだった人がラインハルトが守ろうとしているものを、傷つけようとしている。

がち…っと撃鉄が下ろされる。

ぴたり、と銃口がハンスに狙いを定めた。

「卑怯な……っ！」

引き金に力を込めれば、ハンスは殺される。それは、一瞬にして。

じわり、とこめかみに汗が滲んだ。

どうすればいい？

ハンスを守るには。

ルドルフの照準は揺るがない。彼は、本気だ。

（ルドルフ……っ…）

ラインハルトはルドルフとハンスの間に挟まれている。

「どうだ？　ラインハルト。気持ちは変わったか？」

「…それは……」

緊張に渇き、ひりつく咽喉から声を絞り出す。

「まだるっこしいな。さっさと調印させろ、…ルドルフ」

ギュンターが誘う。

「もしお前が殺せないなら、私が始末してもいい」

「ああ。分かってる」

ルドルフがラインハルトに銃を向けた。ラインハルトを殺そうとしている。

(本気で…?)

「手を出すな。どうせ殺すなら、…俺が殺す」

ギュンターを制止し、ルドルフが銃を構える。

『どうせ殺すなら、…俺が殺す』

なぜ、ルドルフがラインハルトを殺そうというのだろう。

少しは、彼の特別な存在でいられたということなのだろうか…?

それとも、命を弄んでもかまわない程度の存在と、思われているのだろうか。

「俺を殺してただで済むと思ってるのか?」

挑発を向けながら、さりげなくラインハルトはハンスの前に彼を庇う為に立ちはだかる。

心臓が波打っていた。

銃を突きつけられ、緊張しない人間などいない。

本当に、殺されてしまうかもしれない。

もっと早く彼を暗殺しておけば、よかったのだろうか。

もし彼が死ねば――…?　彼を殺して平静でいられる自信はない。彼を殺した後、自分はどうするだろうか?　ルドルフがいなくなった後、そのまま、何食わぬ顔をして生き続ける——？

ぞ…っと背筋が凍りつく。彼を殺さなければならないのに、彼を殺した後、彼のいない世界で生きていくことができない。

彼を殺す罪を背負って生きていくことは、自分にはできそうもない。

彼を焦がれ追い求めて、狂おしいほどに彼の幻影を探し続けるかもしれない。それならばいっそ、彼に殺された方が、楽になるのだろうか。

「撃てないとでも思っているのか？」

ルドルフはそう言うと本当に…引き金を引いた。

鋭い銃声が、響き渡る。

ラインハルトは逃げなかった。銃はラインハルトの腕を掠める。

「つぅ…っ！」

飛び散る血が、ハンスの頬に跳ねる。

ちり…っと肌が焼ける匂いがした。一筋の線が付き、血が零れ落ちる。

それでも、目は閉じなかった。

真っ直ぐにルドルフを見つめる。

凛とした姿で立つラインハルトに、圧倒されそうになる。男らしく、真の強さを示す姿だった。

「ラインハルト…！」

ハンスが叫んだ。

「この距離で外すなんて、腕が落ちたんじゃないか？」

ニヤリ、とラインハルトは笑った。

本当に撃ったことで、逆にギュンターが焦った声を出す。

「馬鹿なことを。脅して調印させるだけでよかったのに…っ。本当に撃つなんて…っ」

先に銃を向けたギュンターのほうが、慌てている。

「殺せば交渉が決裂して、面倒なことになるだけだぞ、ルドルフ…っ」

ギュンターがルドルフを咎める。彼には、ラインハルトを殺すまでの意志はなかったらしい。

（ならば、俺を撃ったのは、ルドルフ自身の意志…？）

本気で、殺してもいいと、思っていたのだ。

ラインハルトが死んでもいいと。

「あの、銃声が……！」

他の部下が、慌てて集まってくる。

「何が……」

周囲に部下がいる以上、これ以上騒ぎを大きくしたくはないと思ったのだろう。

「仕方ない。命拾いしたな」

ルドルフはラインハルトを撃っても平然としている。ラインハルトが傷つき、血を流しても何も感じていないようだった。

何事もなかったかのように、部下を連れてギュンターと共に出ていく。

好きだった人が、銃を突き付けて自分を殺そうとした。

「ふん……」

傷ついた頬よりも、胸から血を流しているような気がした。胸が痛み、泣きそうなほどに苦しい。けれど表情だけは、ラインハルトも傷ついていない振りをする。

ラインハルトの命を、奪ってもかまわない程度に思っているのなら、学生時代、親友のふりなんてしなければよかったのに。

過去が、ラインハルトの中で交錯する。

ある日、図書室の窓際で、居眠りをしていたラインハルトが目覚めた時、目の前にいつの間にか座っていたルドルフの瞳が、あまりにも優しい色を浮かべていて、驚いたことを覚えている。肩に掛けられていたルドルフの上着、それはラインハルトを気使って掛けられたものだろう。

必要なことや大切なことは一切言わない寡黙な人だったけれども、実直でその分、行動で示すような人だった。

あの時の、自分を見つめる瞳に浮かんでいた、いとおしいものを見つめるような色、それがラインハルトの胸に残ったままだ。

だから最後の日、ラインハルトを無理やり組み敷いて彼が姿を消しても、あれほど酷いことをされたのに、屈辱を強いられたというのに、どうしても…憎みきれなかった。

酷いことをされたと憎んで、憎しみだけを彼に抱くことができればよかったのに。

幼なじみとして、学生時代の親友として過ごした日々があまりにも鮮やかに思い出されるから。

彼のことが、…好きだったから。

今でも訊きたくてたまらなくて、咽喉元まで出てくる言葉を呑み込む。

なぜあんなことをしたのか。そして、なぜ何も言わずに姿を消したのか。

(分かってる…もう。敵になるのが分かっていたから、最後に落とし前でもつけていったんだろう)

けれど、一人残されてわけが分からなくて。誰もいなくなった場所で、引き裂かれた上着をまといながら、傷ついた身体を必死に起こして明け方、部屋に戻った。

男に強姦されたなどと、言えるわけもない。それに確かに、ラインハルトはルドルフに抱かれて感じたのだ。

身体と心がばらばらで、引き千切られてしまいそうだった。

『可愛らしくて綺麗な恋人とでも、放課後を過ごせばいいだろう』

そう言うたび、決まってルドルフから返される言葉は、

『そんなのには興味はないな』

ラインハルトといるほうが楽しいとも何も言わなかったけれども、彼と一緒に過ごす時間は、心地好かった。ルドルフも同じ気持ちなのかと、期待した。

深い絶望に囚われる。

＊＊＊

「まったく、本当に撃つなんてな」

廊下を戻りながら、ギュンターが忌々《いまいま》し気に吐き捨てる。

「別に、いいだろう？　オーストリーやブリスデンがそろそろ、この交渉が長引くのを怪《あや》しんで、干渉してきそうだから、早く決着を付けろと言ったのはあなただ」

「それはそうだが……。今のはやりすぎた。ラインハルトがいなければ、王族の効力を持つ調印をする者が、いなくなる」

ギュンターが肩を怒らせながら、ルドルフの前を歩く。

「そのことだが……」

ルドルフは言った。

「別に、ラインハルトでなくても、王族の調印があればいいんだろう？」

「何？」

ギュンターが足を止めた。

「何を知っている？」

「ラインハルト以外でも、王族の誰かを捕え、調印させればその効力は同じだということだ。ラインハルトはなかなか強情だからな。別の王族を当たったほうが、いいかもしれない」

「心当たりはあるのか？」

「もちろん」

「…話を詳しく聞こう」

ギュンターが部屋の前で足を止めた。ルドルフを室内に促す。

「ラインハルト以外に、王子がいる。ローゼンブルグは、必死でそれを隠しているみたいだがな」

妖しい笑いと共に、ルドルフが言った。

「もしかしたら、それはラインハルトもローゼンブルグをも動かす、最大の弱点になるかもしれないな」

ルドルフは不敵な笑みを浮かべた。

＊＊＊

彼らが出ていった後、室内に静寂が訪れる。

ドアの外から完全に人の気配がなくなり、ハンスが慌ててラインハルトに駆け寄る。

「大丈夫？　傷口を見せて」

ハンスがハンカチをラインハルトの腕に押し当てる。そ…っと血を拭う。滑らかな肌だからこそ、一筋の傷が痛々しい。

「こんなのは掠り傷だ」

ラインハルトは言った。

「それより、…お前が傷つかなくて、よかった」

心からの言葉だった。

「俺は別にこんなことくらいじゃ傷つかない。それより、お前の可愛らしい顔に傷でもつけたら大変だ」

「何を言ってるんだよ！」

いつもは大人しいハンスが、珍しく強い口調で言った。

「ラインハルトのほうがずっと、…ずっと綺麗なのに」

「…何を言ってるんだ」

馬鹿馬鹿しいと言いたげに、ラインハルトは肩を竦める。ラインハルトを慰めようとしているのなら、それは必要ない。

傷ついているときは、好意を持ってくれている者は、誰もが優しく振る舞おうとするものだ。

「すぐそう言う。ラインハルトは綺麗だよ。自分の姿、鏡で見たことないの？」

ハンスが逆にラインハルトを叱り付ける。その剣幕《けんまく》にラインハルトは驚く。

「僕なんかよりもずっと、ね」

心からの羨望を込めて、ハンスが見上げる。ハンスは誰よりも可愛らしい。シュガーピンクのイメージのように愛らしい姿は、ラインハルトが持たないものだ。人は自分が持たないものに憧れを抱く。

ラインハルトは同性の自尊心を刺激する存在であるらしい。何もかも持っているように見える上に、ライバル意識を剝き出しにして近づいてくる人間を、相手にもしない。

人を傷つけようとする人間は、それが自らの卑しさを表していることに気付かない。そんな人間たちと同じレベルで物事を、考えるような心はラインハルトは持っていないからだ。それと逆に自らを守るために強くなった精神力は、少しのことでは負けたりしない。体格も人並み以上の身長を持ち、守られるような姿はしていない。

人に甘えるような性質でもない。要領の悪さといったものは自覚している。

その点、ハンスは人に警戒心とライバル心を抱かせない。背も低く、守ってやりたい存在に見える。でも実際は、人に甘えられずに何でも自分でやらなければならないラインハルトより、ハンスのほうが生き方が上手かもしれなかった。

「そんなわけないだろう」

認めようとしないラインハルトに、ハンスは肩を竦めた。

ハンスはピンクで誰からも愛される薔薇だとしたら、ラインハルトは薔薇の棘、そう思った。だが、もし敢えて薔薇にたとえるとしたら、物騒な血の薔薇こそが相応しいような気がした。床に落ちた血の薔薇を思い出す。

黙ったまま、暫くの間ハンスはラインハルトの血を拭っていた。

「ごめんなさい。僕を庇ったせいで……」

痛々しい傷に、ラインハルトよりもハンスのほうが傷ついているようだった。人の痛みを、自らの痛みのようにハンスはとらえる。

「気にするな。俺が絶対にお前を、…守るから」

ハンスに先を言わせないよう、ラインハルトは先に告げる。それは心からの言葉だった。

もしハンスに、ラインハルトとルドルフが、学生時代友人だったことを告げたら、彼は驚くだろうか。

本当は誰かに聞いて欲しかった。けれど、相談する相手を、ラインハルトは誰も持たない。ハンスは一番感情を吐露してしまいたい相手だったけれども、そのためには、ラインハルトがルドルフに何をされているか、言わなければならない。それは言えない。

たった一人で、立ち向かわなければならない。

「僕のことは気にしなくていいんだよ。今まで充分幸せだったから。それより、ラインハルトが幸せになることを考えて欲しいから……」

どうして己がつらい状況の中で、人の幸せを考えられるのだろうか。ハンスを取り巻く状況の過酷さを、誰も知らない。つらい状況の中にいながら、彼は人の幸せを優先しようとする。だから、ラインハルトもハンスのことを心から大切に思う。

ハンスは本当は従者ではない。ローゼンブルグの王の本妻の子だ。王位継承権ではラインハルトを抜いて上位になる。正妻の子であるが故に、ハンスの存在を疎んじる勢力もあった。幼い頃誘拐され、心配した父王により、助け出された後も国の情勢が落ち着くまで、その存在を隠すことになったのだ。

犯人は、自国の大臣だった。それを恥と思った父王が、外には洩れないよう、極秘に隠した。

これが、ラインハルトの最大の秘密だった。

ラインハルトが今、一番恐れることは、ハンスの出自《しゅつじ》と身分がライフェンシュタイン側に洩れることだ。今は、ラインハルトが調印をしないことでラインハルトがライフェンシュタイン側の、唯一の的《まと》になっている。そして相当に手強い印象を与えているようだ。もしハンスが王族だということが知られたら、彼らはハンスにその矛先《ほこさき》を変えるだろう。

ハンスの調印でも、それは効力を発揮する。

それに気付かれることだけは、避けなければならない。

「俺は、お前に幸せになって欲しいと思ってる」

誰よりも。

劣等感を感じていても、ラインハルトは人と比較しているうちは、真に幸せにはなれないことを知っていた。つらい時こそ思いやりを失いがちだが、それを忘れないことが必要だ。それを気付かせてくれるのはハンスだ。自分の利益だけを考えるような小さな人間には…そんなちっぽけな人生など生きるのはつまらない。人のために尽くし、そして王族は大局を考える立場であり、人に貢献できる立場だ。もっと広く人に貢献できる道を、ラインハルトは考えたいと思っている。そうすることが真の幸せに繋がるのだ。

「ラインハルトの幸せは？　僕のことでその…何かあったり、する？　僕のことは、気にしなくていいんだよ」

　おずおずとハンスが切り出す。その言葉に、ラインハルトはぎくりとする。ハンスは、ラインハルトがハンスを理由に脅され、暗殺の使命を与えられたことを、知っている…？

「まさか」

　ラインハルトは一笑にふす。絶対に、気付かれるわけにはいかない。好きな人を殺さなければ、愛する者が殺される。どうにかなってしまいそうだった。

「お前は、…自分が幸せになることに、集中すればいい。早くそうなれるようにしてやる」

　ラインハルトは言った。力づけるように肩を叩けば、ハンスの肌がびくりと震えた。

「お前こそ、どうした？　また具合が悪いのか？」

「う、ううん」

　ハンスが慌てて否定する。今までは銃を向けられたこと、傷つけられたことに意識が向き、ハンスの状態まで気が回らなかったが、よく見ればハンスの頬は微熱があるように、うっすらと上気している。

「薬をお願いするね」

ハンスは言うと、立ち上がった。


ラインハルトはそれから、二日ほど寝込んだ。傷は浅かったが疲れと、傷口が化膿《かのう》したせいで熱を出したのだ。ハンスの献身的な看護のお陰で、ラインハルトの傷口は塞がったものの、ハンスの心配は消えない。

夜、ハンスはラインハルトが撃たれた晩と同じように、エーリヒの部屋を訪れていた。

ラインハルトが撃たれた晩も、ハンスは同じことをされていた。

「あの……。ラインハルトに、医者と薬を与えてくださって、ありがとうございます……」

言いながら、ハンスの声が上擦る。

「それだけを言いに来ただけですから。ラインハルトが心配するから、戻り、ます……」

「その身体で?」

ハンスは肌の下に緊縛を受けている。その上張子が埋め込まれていた。

一度は部屋に戻されたものの、そこに刃物の類は置かれてはいない。紐の結び目はがっちりとして固く、ハンスの力では解けなかったのだ。紐を解いてもらうには、エーリヒの元に戻ってこなければならなかった。

もう一度戻ってこなければならないのが分かっていて、エーリヒはハンスを解放し、部屋に戻らせたのだ。

「気付かれるぞ」

潤んだ瞳、子兎のように苛《いじ》めてみたい気持ちを、男に抱かせる。

「ラインハルトはどう思うかな？　大切にしている愛人が、こんな目に遭わされていると知ったらね」

愛人ではないけれど、それを否定してもエーリヒは信じてはくれない。

「絶対に、知らせないでください」

「私は望んで君を抱いているんじゃない」

「分かって、ます…」

軍装の上から、エーリヒが紐を引く。途端に、じん…と甘い痺れが走った。

「ああ、んっ…」

「戻りたいか？」

「でも、でも、いや……」

可愛らしい悲鳴が洩れた。椅子の上に座らされ、両手を後ろ手に縛られてしまう。片足を椅子の上に上げさせられ、それを下ろせないように足首を椅子の上で縛り付けられた。

両足をぱっくりと開け、受け入れる蕾もこれでは見られてしまう。

羞恥が駆け抜けた。その羞恥も、快楽を増幅させていく。

「ラインハルトは気付かなかったのか？」

こくこくとハンスは頷く。

「ここをこんなに濡らして…。触って欲しいのかい？」

戸惑いながら、羞恥に目を伏せる。その首が小さく縦に振られたのを、エーリヒは見た。

「ひっ……！」

部屋には鏡があった。両足を大きく広げ、蕾に指を突っ込まれて頬張っているいやらしい身体…それが見えてしまう。ハンスの肉壷は、三本の指を根元まで呑み込んでいた。それがずるずると出入りしているのも、あますところなく見えてしまう。しかも、入れられるたびに全身がびくんびくんと甘美に跳ね上がる。

育ちきった中央の肉根は天を仰ぎ、ぴくぴくと悦びに打ち震えている。先端からは透明な蜜を滴らせ、茎を伝って溢れるばかりに零れ落ちている。それが後孔に突っ込まれたエーリヒの指と掌を濡らしていた。

なんていやらしく浅ましい身体だろうか。しかも身体には縄が打たれている。

「目を閉じるな、見るんだ」

「ひ…っ」

泣きながら、ハンスは鏡に映る痴態を見つめた。喘ぎっぱなしで閉じることのできない口唇の口角からは、唾液が零れ糸を引いている。

「や、んっ…うっ…」

情けなくて悲しくて、涙が零れた。ラインハルトの荷物にはなりたくないと思いながら、何の役にも立てない。そのためにラインハルトが苦しんでいることを知っている。不甲斐ない自分が悔しい。なのに男に向かって、今のハンスは腰を振り、尻に指を穿《うが》たれ身悶えているのだ。抱き人形さながらの、扱いを受け続ける。

「どうして欲しい?」

「あ…」

期待に咽喉が鳴った。指だけでは満足できない。疼ききり、火照った身体を鎮《しず》めるには、目の前の男のものを受け入れなければならない。

猛りきった剛直を埋め込まれ、中を擦り上げられたい。

欲しくて欲しくてたまらない。

めちゃくちゃにされたい。ぴったりと身体が重なったときの充足感、それは何ものにも代え難い。張子では味わえないものだ。きつい部分を無理やり開かれ、ぎちぎちに埋め込まれるだけでもつらいというのに、中を突きまくられると、感じてたまらなくなる。

被虐の悦びに目覚めた身体は、男を満足させるためだけの道具としての役割に堕ちる。

「おか、してくださ……」

小さな声で、ハンスはねだる。入れて欲しい。何でもするから。

麻薬のように、快楽は初心《うぶ》なハンスの身体を侵しつくした。

可憐な口唇に不似合いな言葉を吐くと、エーリヒはやっと屹立《きつりつ》を埋め込んでくれる。

縛られたまま座るハンスを、エーリヒは正面から犯す。

「ひうっ……！　あ、あああ！」

悲しかった。

最初、『困ったことがあれば、何でも言いにおいで』、そう言ってくれた人は、温かい毛布も、清潔なシーツも、ラインハルトの分まで差し入れてくれた。いつの間にか届いていた水差しも綺麗できちんとしたもので、温かいお茶が入れられるようになったのを、ラインハルトは気付いていないなかったみたいだけれども。

優しかったのに。だから何でも相談できると思ったのに。

「達きなさい。……くっ……」

男が、ハンスの正面で艶めいた声を出す。欲情など無縁そうな男だからこそ、それは強烈に艶然《えんぜん》としてハンスの欲情を刺激した。命じられ、ハンスは禁忌を解く。

「ひ、っ…あ。あああああっ！」

絶頂を迎えた後、やっとエーリヒはハンスの縄を解く。

ハンスは呆然としたまま、床に直に座り込む。

「……」

ぺたりと床に座り込んだまま、ハンスは空を見つめた。濡れた瞳には、何も映らない。空虚な表情は憐憫《れんびん》を誘う。

エーリヒはさっさと着衣を整えていたが、動けないままでいるハンスの元に戻り、そっと膝を着く。

「さっさと着なさい。いつまでもそんな恥ずかしい格好のままでいるつもりか？」

口調は冷たいが、床に落ちた上着を引き寄せてくれる。

「そちらは…っ！」

扉の外がふいにさわがしくなる。

「いないから探しているんだ！」

追いかける人を振り解く声がする。ばたばたと慌《あわただ》しい足音が次第に近づき、扉が勢いよく開いた。

中の光景を見たラインハルトの目が、驚愕に見開かれる。

（ラインハルトに、見られた…っ）

この姿を見られれば、直前まで何をされていたかなど明白だ。情事の名残を見られ、ハンスの胸に絶望が広がる。


「貴様…！」

ラインハルトが殴りかかろうとしたエーリヒを、ハンスは床にくずおれたまま庇う。

「やめて！」

とっさに、制止の言葉が出てハンスははっとなる。

（どうして…僕…）

滅多に感情を表すことのないエーリヒのクールな表情に、初めてかすかな驚きが浮かんだ。

まさかハンスに止められるとは思わなかったのだろう、ラインハルトが入り口で怯《ひる》んだ。

落ちた縄からも、無理やり犯されていたというのは明白だ。けれど犯した男を庇い、ラインハルトの救いの手を拒絶しようとする。信じられないと言いたげに、混乱しきった様子のラインハルトの足が、床に張り付いたようになる。

そしてまだ、ハンスが男に抱かれていた…その事実も、認められないのだろう。

「一体、ハンスに何をしたんだ、エーリヒ…っ！」

ハンスに拒絶され、助け起こすこともできずに、ラインハルトがエーリヒに激情をぶつける。

「何って、分かりませんか？　抱いていたんですよ。もう、何度もね」

エーリヒは言い訳も誤魔化しもしなかった。

ラインハルトは衝動的に、エーリヒを殴りつけていた。エーリヒは逃げない。

拳を頬に受け止める。けれどそれでも、平然としている。

「いくらでもどうぞ」

エーリヒは言うと、ラインハルトを殴り返そうともせず、床に落ちていたハンスの上着を、上体を屈めすくい取る。

ハンスの肩に、上着を被せる。パサリという音が、大きく室内に響いた。与えられた上着の襟を合わせると、付けられた痕と、抱かれた余韻を残すいやらしい身体を慌てて隠す。

しゃがみ込んだまま、ラインハルトに背を向けて、必死で身体を隠すようにすれば、エーリヒがすっ…っとハンスを隠すように、ラインハルトとの間に立った。

「本当か？　ハンス」

ハンスは答えられない。けれど、太腿に伝わる精液の筋も、双丘から溢れ出す蜜も、既に男に体内に精液を放たれた事実を示している。証拠をつきつけられ、現実を認めざるを得ない。

ラインハルトはまだ、信じたくはないようだった。

「言っておきますが、私が無理やり犯したのではありませんよ」

「何？」

「彼は自ら私の元に来たんですよ。彼が私に差し出せるものなど、彼は何も持ちませんからね。希望を叶えたいなら、それ相応の担保や引き換えになるメリットが、必要でしょう？」

エーリヒは言葉を区切ると言った。

「彼は私にもたらす利益を、何も持たなかった。その身体くらいかと言ってみたところ、自ら服を脱ぎ、足を開いた。提案した条件を呑んだのは、彼のほうです」

「何で…ハンス…」

呆然とラインハルトが呟く。ハンスが淫らな性質だと、認めたくはなかったのだろう。

「馬鹿な、ことを…っ！　一体、何故…っ⁉」

ラインハルトがハンスを叱り付ける。その剣幕に、ハンスはびくりと肩を竦ませた。

普段ならばラインハルトは事情を聞かずに、一方的に責め立てたりはしない。けれど、目の前に広がる光景があまりにも衝撃的だったのだろう。ハンスを大切にしていたからこそ、そのショックは強い。

ラインハルトの怒りの矛先がハンスに向かおうとした時、エーリヒは冷静にいなすように言った。

「私はルドルフ陛下に近い場所にいますからね。あなた様の立場を憂《うれ》い、助けて欲しいと言いにいらしたんですよ」

「あ…！　言わ、ないで…っ！」

絶望が胸を過ぎる。ラインハルトには知られたくはなかったのだ。

さもないと、ラインハルトが傷つく。

ラインハルトがどれほど、ハンスを大切に思ってくれているか、知っているからだ。

なのにラインハルトのために、抱かれていたのだと知ったら……。

「なんて、ことを…！」

ラインハルトが言葉を失う。

アイスブルーの瞳が悲しそうに歪む。そして自らを許せないとばかりに拳が握り締められる。心から、悔しそうだった。それは、己自身の不甲斐なさが許せないからだ。

「ラインハルト殿……！　どうかお戻りを」

一人では敵わないと思ったのだろう、ラインハルトを追いかけてきたルドルフの部下たちが、別の部下を連れて戻ってくる。

彼らは口唇の端を切ったエーリヒに気付き、それがラインハルトによるものだということに思いいたったのだろう。自分たちの上官を傷つけた敵と見て、ラインハルトに乱暴に摑みかかってくる。

ラインハルトは摑みかかってくる彼らをなぎ倒す。

「うわぁっ……！」

壁に跳ね飛ばされ、背を打ちつけた部下が苦痛の声を上げる。騒ぎを聞きつけたのか、別の部下も集まってくる。

「一体これはどうしたことだ？」

報告を受けたのか、さらに屈強な男たちを引き連れたギュンターが姿を現す。

軍装の違いから、最初にラインハルトを引き止めたのは王族側で、後から来たのはギュンター側の軍人だということが分かった。鋭い目つきも違う。

飛び掛ってくる彼らを、ラインハルトも力で捻じ伏せる。

「ぐぅ…っ！」

跳ね飛ばしたうちの一人が、期せずしてギュンターにぶつかる。正面から屈強な男がぶつかる衝撃に、ギュンターが苦しげに顔を歪めた。男の肘が、ギュンターの腹を抉っていた。あまりに大きな苦痛だったのだろう。

「さっさとその男を止めろ！」

ギュンターが顔を真っ赤にして怒り出す。

けれど多勢に無勢で、さすがに数人を倒したところで、ラインハルトは拘束される。

「何だこの騒ぎは」

「…陛下」

エーリヒが恭しく頭を下げる。ルドルフだった。

「お前がきちんとしつけておかないから、こんな羽目になるんだ」

床に倒れ苦しげに呻く部下たちを見下ろしながら、ギュンターが苦々しげにルドルフを咎める。

「それは、申し訳ありませんでしたね」

殆ど気にしていない口調で、ルドルフは謝罪を口にする。余裕がありながら、冷ややかな声音だった。

「まさかそのままこの男を解放するつもりじゃないだろうな?」

ギュンターがむっとしたまま言った。いやらしい表情を浮かべる。人を貶めようと企んでいるとき特有の、嫌な感情を人に与える表情だ。どれほど、いやらしく下賤な表情を浮かべているのか、気付いていないのは本人だけだ。

「その男に、立場をしっかりと分からせろ」

「…そうですね。それなりの制裁は、きちんと受けさせましょう」

ルドルフが応じる。

ぞ…っとするほど、冷たい目をしていた。その目がさらに、企みを浮かべたように細められる。

嫌な予感がした。

ラインハルトをハンスが、心配げな瞳で見つめた。

拘束されたまま、ラインハルトが連れていかれたのは、拷問の器具が置かれた部屋だった。古城にはいくつか、陰惨な歴史と共に、こういった影の部分はあるものだ。

ラインハルトは頭上で両手首を縄で縛り付けられ、上から吊るされた。

「暴れれば、ハンスがどうなるか、分からないぞ」

「最低だな、ルドルフ…！」

ラインハルト自身ではなく、人を使って脅迫するやり方は卑怯極まりない。ハンスは別室に連れていかれてしまっている。数人に取り押さえられれば、さすがにラインハルトにはなす術がない。

悔しかった。

戦争は人を狂わせる。

「我々を傷つけることがどれほど愚かなことか、思い知らせてやれ」

ギュンターがルドルフに言った。

(っ!?)

ラインハルトはぎょっとする。

「丁度いい。その男に調印させせろ」

ギュンターが命じる。

彼らは、そろそろ調印を焦っているようだ。

「どうだ？　調印する気になったか？」

「……」

ルドルフがラインハルトの顎を摑んだ。上向かされるが、ラインハルトは何も答えない。

面白くなさそうに顎から手を引くと、ルドルフはラインハルトに背を向ける。そして、正面に置かれた椅子に、どっかりと腰を下ろした。

縄で天井から吊るされ、降伏を促された。右腕の傷がまだ完全に治りきってはいない状態で吊るされ、激痛が走る。痛みに気を失いそうになると、部下にバケツの水を掛けられ意識を引き戻された。

「う…っ」

意識を取り戻すと、目の前にルドルフがいた。腕には既に感覚がない。現実に引き戻され、このまま意識を失っていたいとすら思った。

「今まで、扱いが甘すぎたらしいな。時間もない。和平交渉に他国が疑問を抱き、干渉してきては困る。今日こそ、調印させてしまえ」

ギュンターが部下に命じる。

とうとう、強引な手段で調印させることを、選んだようだ。

不思議なのは、ラインハルトの身体が、次第に燃え立つように熱くなることだ。

この熱さは、傷口や怪我によるものではない。下肢が疼くのだ。

「ん…っ…」

(どうしたんだ、俺は……)

思わず、嬌声めいた吐息が零れ落ち、ラインハルトは心から焦った。部下もギュンターも、ニヤリと下卑た笑みを浮かべる。

嫌な感覚だった。

無理矢理煽られ下肢を疼かされる状況、それにラインハルトは嫌という程覚えがある。

強迫、本人への苦痛、そして…薬。あらゆる手段でルドルフはラインハルトに調印を迫った。

グラスに入れられた薬で身体の自由を奪われ、抱かれた時の、身体だけ高ぶらされる恐怖、それをラインハルトは覚えている。

前が疼き、ひっきりなしに射精し続けるのだ。

ラインハルトの下肢が膨らみ始めたのを確かめた後、数人いる部下のうちの一人が、鞭《むち》を取り出す。

「やれ」

冷たい命令に、部下は鞭を振り上げる。それはラインハルトに振り下ろされた。

「――う…っ!!」

ビシリ、と強く鞭が振り下ろされる。けれど、肌はじわりとそれを苦痛よりも快感に変えた。

「うっ…。ああ…っ…！」

鞭が振り下ろされるたびに、吊り下げられたラインハルトの身体が揺らぐ。

身体が、燃えるように熱い。皮の鞭が、肌に赤い痕を作る。それがじんわりとした快感を与えるのだ。

「あっ…！」

身体を悶えさせるラインハルトに、部下が鞭を振り下ろす。

(感じ、る…)

こんなふうに、貶められているというのに、ずきり、と下肢が熱くなる。

「…ぁ…」

鞭を振り下ろされ、身体を悶えさせるラインハルトに、部下たちがごくりと唾を飲み込むのが分かった。

興奮し、下肢が疼ききっているのが分かる。激しい刺激が欲しい。この疼きを収めて欲しい。その望みに、鞭は愉悦という刺激をもたらした。

「ああっ…うっ…」

身悶えるラインハルトの姿を、部屋にいる男たちが見つめている。突き刺さる視線が、羞恥を煽った。

霞む視界で、テーブルの上にはグラスと、夜、男たちが行っていたのか、チェスの駒が無造作に置かれているのをとらえる。

チェス…それは大学時代、ラインハルトとルドルフがよくしていたものだ。あまり喋るほうではないルドルフとは、二人よく、こうしてチェスをすることが多かった。

二人一緒にいる時間は確かに、穏やかで和やかで、その時間が好きだった……。

ラインハルトの視線に気付いたのか、テーブルにルドルフは向かい、チェスの駒を持つ。

そして、水に濡れるラインハルトの前に立った。

「何を、した…っ」

「分かっているだろう？　普通に殴るようでは、部下たちの気は済まないらしい。力で屈しない男に、最も効果的な手段を選んだだけだ」

ルドルフが詰襟に手を掛ける。はらりと前がはだけられた。

「あ…っ…」

彼の指先が肌に触れる。するとそれだけで身体がびくびく…っと震えた。

「お前に掛けた水に、媚薬を混ぜていたようだな」

ルドルフが笑う。やっとこの制裁の意図を知る。

「お前がどんなにいやらしく啼くのか、見せてやれ」

ルドルフがラインハルトの耳を噛んだ。

(…っ!!)

見せしめ、制裁、ラインハルトは男たちの眼前で犯されるのだ。

行為を人に見られる。ラインハルトが男に抱かれる姿を、公開される。

それは耐え難い屈辱と、羞恥だった。

なのに、身体は熱い。奇妙な興奮が身体を包む。

媚薬を全身に振り掛けられ、ラインハルトは悶えた。身体が火のように熱い。それよりももっと熱いのは、身体の中だ。

(ん…っ…)

「ここはどうした?」

ルドルフが言いながら、布の上からラインハルトの膨らみを握る。

「あ…っ!」

そこは、既に膨らんでいる。男に下肢を握られている、恥ずかしい姿を晒している。

ギュンターや部下たちが、ラインハルトが犯されるのを見つめている。

これから、人の前で、本当に貫かれるのだろうか。いくつもの男の視線が、肌に突き刺さる。

媚薬の効果以上に、人の視線が麻薬のような役割を持つ。効用よりもずっと、…感じているような気がする。

「んん…っ…」

下肢を揉まれ、息が上がる。射精感を募らせるのに、ルドルフは達する寸前で、掌を離してしまう。

「あ…っ…」

思わず、不満げな吐息が零れる。それを、ルドルフは面白そうに見下ろしていた。

「まどろっこしい真似はやめだ。調印したくさせてやろう。…来い」

「は…っ」

ルドルフは直接手を下そうとはしなかった。ルドルフが命じると、部屋にいた部下たちが、ラインハルトの元にやってくる。部屋にはギュンターと部下が三人ほど控えていた。

「なっ、やめ、ろ…っ!」

ラインハルトは青ざめた。

三人はラインハルトの服を切り裂く。上着は頭上で手を縛り付けられているせいで脱がすことはできなかったものの、下肢にまとう布は引きずり下ろすことが可能だ。

彼ら三人の手が、ラインハルトの身体を這い回る……。

ルドルフではない男の掌が、肌に落とされるおぞましさに、肌が震えた。

「…っ…」

白く滑らかな肢体に、男たちの咽喉がごくりと鳴る。

彼らはずっと、ラインハルトがルドルフに抱かれているのを知っていたはずだ。欲情を煽られていたのかもしれない。

「やれ」

ギュンターが命じた。上司の許可と同時に、彼らは性急にラインハルトに襲い掛かる。

「やめ、やめ…っ！」

三人もの男に嬲られる。ラインハルトはもがいた。けれど、吊るされた姿では、三人の屈強な男に、敵うわけもない。一人の男が、赤く光るラインハルトの胸の尖りに、指を這わせた。

「あぅ…っ…！」

じん、と痺れるような快感が走る。見ず知らずの他人であっても、燃えるように疼く身体には、どんな刺激もたまらなく感じる。男はラインハルトの反応に気をよくし、指の腹で突起を潰す。

「んん…っ…」

掌で胸全体を揉みしだかれ、ラインハルトは腰をくねらせた。

「…あ…っ！」

ラインハルトが嬌声を上げると、男は興奮を募らせたようだ。耐えられないといったようにとうとう、ラインハルトの胸にしゃぶりつく。

「あ、んん……っ」

ずきり、と全身に走った快楽に、ラインハルトは身体を強張らせた。瞳をぎゅ…っと閉じ、快楽に耐える。

「感じているようだ。もっと感じさせてやれ」

ギュンターの言葉に、別の男がラインハルトのベルトを外した。はっとなり、下肢をくねらせるが、ズボンを引き抜かれてしまう。途端に天井を向くほどに勃起するそれが現れる。

「ふふ……」

部屋に低い笑いが充満する。

「く…ぅ」

男は跪くと、ラインハルトのものを咥えた。

「ひぅ…っ！　は、アァー…っ！」

強烈な快楽が、肉茎に走った。

「ああ。ああ。ああ…！」

ねっとりと舐め上げられ、ラインハルトはこれ以上ないくらい、身悶えた。

（あう…っ…！　す、ご、…こん、な…）

ラインハルトが男の性玩具に成り下がる。

一人の男はラインハルトの胸元にしゃぶりつき、別の男は肌を舐め回す。そして他の男はラインハルトの足元に跪き、ラインハルトのものを咥えるのだ。

「はあ、んっ…ああ…っ…！」

男に嬲られる姿に、部屋からは唾を飲み込む音、興奮した吐息が充満した。その音に、ラインハルト自身もずきずきと身体が疼いている。

（ん…も、う…）

つい、下肢を男の口腔に突き上げてしまう。その身体の動きに、また男たちは興奮する。

ラインハルトが彼らの愛撫で、感じているのが分かるからだ。

見たくはなくても、下肢に視線を下ろせば、…男が肉根をちゅ…っと吸っている光景が見えた。

(う、……)

己の身体に、男たちが吸い付いている。そして嬲られる姿を見られている……。

痴態を晒し続ける。

「いい反応だ。凛として気高いのに、実際はお前に何度も抱かれていたんだろう？　ルドルフ」

(ルドルフ…！)

ラインハルトは視線を上げた。ルドルフと目が合う。

彼が、ラインハルトの痴態を眺めていた。

「ああ。そのいやらしい身体は、男に抱かれて何度も悦んでいた」

「あれほど調印を拒絶する強さを持っているというのに、快楽には弱いと見える」

さも面白そうに、彼らが話している。

他の男に嬲られ、感じている様を、ルドルフが見ている。

目を、逸らせない。

「ああ…っ…」

何人もの男の掌が、ラインハルトの肌の上を這う。ラインハルトが肌をびくびくと震わせ、嬌声を上げる様を、ルドルフの強い眼光が射抜く。

彼は触れてもいないのに、まるで、ルドルフに抱かれているかのような錯覚を起こす。

ラインハルトが男たちに身体を嬲られても、ルドルフは立ち上がり制止しようともしない。

他の男に抱かれる姿を、存分に見られ続ける。

男たちに好きに身体を扱われる。けれど薬に侵された身体は、おぞましさもどんな愛撫の手であっても官能に変えるのだ。

彼らはさんざんに、ラインハルトを嬲った。

ギュンターは直接手を下すより、ラインハルトが恥辱に貶められるのを眺めるのを好むらしい。男たちの興奮する息使いが、淫靡に部屋を満たす。

その中央で、生贄《いけにえ》のように嬲られているのが己だということが悔しい。

「ああ。ああ」

全身が痺れる。先ほどから、口腔にラインハルトの肉根を含んでいる男が、射精を促すように、何度も吸い続けているのだ。ぴちゃぴちゃと水音を立てて舐め上げられ、そして吸い上げられれば、たまらない愉悦に疼いた身体が射精感を募らせる。

人前で射精するなど、考えられない。絶対に達かされたくはない。

そう思っても、抵抗できない身体に、三人もの男に同時に愛撫されれば、耐え続けることは難しい。彼らは、ラインハルトに快楽を与えるように、嬲るのだ。

（あ、もう、だめ、だ…）

ラインハルトは好きでもない男の愛撫で、絶頂を極めた。

「――…っ！」

男の口腔に精を吐き出す。

がくりと力を抜いたラインハルトの様子を見ていたルドルフが、男たちに声を掛けた。

「下がれ」

彼らはラインハルトを犯そうとしていたのか、不満げだ。けれど、逆らえるわけもなく、部屋の隅に引き下がる。

「今度は、俺がお前たちに見せてやろう。お前たちもたっぷりと楽しむがいい」

ルドルフの言葉に、部下たちは気持ちを変えたようだ。

ラインハルトが男に抱かれる姿を見て楽しめ、そう言っているのだ。

男に男根を埋め込まれ、身体を揺さぶられて喘ぐ姿を見られる……。絶対に認めるわけにはいかない。でも、淫靡な誘惑は、興奮を煽り、ラインハルトの快楽を増幅させるような気がした。

「やめ、ろ…っ！」

ラインハルトは苦しい息の下、拒絶を告げる。

ルドルフは無視すると、チェスの駒を持って、近づいてくる。

「咥えろ」

ラインハルトの口腔にそれをしゃぶらせた。

「たっぷり濡らしておけよ。今からこれがお前の中に入るんだ」

チェスの駒とはいえ、王族が使うものとなれば、大きさも立派だ。

「これが男のものだと思って、しっかり舐めて咥えてみろ」

「んん…ん…」

ラインハルトが唾液で駒を濡らす淫靡な表情を、男たちに見られている……。

たっぷりと唾液を滴らせると、ルドルフが駒を引き抜いた。

駒を下肢に下ろすと、それを埋め込む。蕾が割り開かれ、ずく…っと駒が一息に狭道を割り開き、最奥に埋め込まれる。

「うっ、うう…っ…」

駒がずぼずぼと中を出入りする。

（あ…い、い…）

前を刺激され、胸の突起を咥えられ、嬲られても、与えられなかったのが後ろの刺激だ。

「どうだ？　こんなふうにこの男は簡単に、物を呑み込むことができるんだ。いい尻をしているだろう？　いやらしいな、易々と呑み込んで」

男を散々受け入れさせられた事実を突きつけられる。部下たちの視線が、ラインハルトの双丘に注がれる。

「もっと太くて大きなものも、この男は受け入れて、しかも気持ちよく喘ぐ。男に犯されるのがお好きらしい」

ルドルフの言葉に、部下たちがごくんと咽喉を鳴らした。頬を上気させ、興奮しきった表情でラインハルトを見つめる。

彼らの視線すら、甘美な刺激になった。

「そういえば、お前はチェスが好きだったよな。だったら、こうされるのもお好きかな？」

過去の綺麗な思い出ごと、ルドルフが汚す。

好きだった気持ちごとそれを身体に入れられるのは、余計に恥ずかしく悲しい。けれど身体は一層熱く燃え立つのだ。

「よく見てもらうんだ。お前の感じている姿を」

「あ…っ…！」

ルドルフはわざと大きく片足を持ち上げて見せた。そして、部屋にいる男たちに見えるように、ラインハルトの両足を広げる。狭間には再び勃ち上がっている肉根と、そして奥には大きな駒が突き刺さっている。

嬲られている…それに相応しい光景だった。

ゴクリ、と周囲の男たちの唾を飲む音が聞こえた。

興奮しきった男たちの気配が、室内に充満する。

「く…っ…」

ラインハルトは顔を背けた。でも、身体は燃えるように熱い。

「もっとお前のいやらしい姿を見てもらうんだ」

本当に、このまま人が見ている前で、男根を入れられてしまうのだろうか……。

ルドルフはその部屋に相応しいように、部下たちに用意させ、様々な道具を試した。

「これは、どうかな」

胸の尖りを金の鎖で縛り付けられ、それを肉茎の根元にしっかりと結ばれ、尖りきった突起と茎を観賞される。

結んだ鎖を引っ張られる。

「ひう…っ！」

感じきった嬌声が零れた。気持ちよさげで、淫靡で、とてつもなくいやらしい。開きっぱなしの口角からは、蜜が滴り落ちた。

（あ、…っ）

充血に千切れそうになる尖りを見られる。でも、ラインハルトは痛みよりも快楽を感じていた。頬が上気する。白い頬を滑らかに染め上げながら、前を勃たせた姿……肌にはしっとりと汗が浮かんでいる。

金の鎖が、ささくれだった感覚を、肉根にちくちくと与える。射精しようとすれば、根元を締め付けるように巻きつけられた鎖が、それを押し留める。

そのせいで、射精できないもどかしさに、狂いそうなほどの懊悩《おうのう》に貶められる。

「う、うう…」

ラインハルトが苦しげな吐息をつくたびに、ルドルフは鎖を引いた。

ぴん、と鎖が張られるたび、上と下の両方に、締め付けられる快感が走るのだ。

上も下も責められ、それがたまらない愉悦をもたらす。

「こうしてここを苛められるのがお好きかな?」

（い、いい…）

ルドルフの言葉を、否定するつもりはなかった。ひっきりなしに射精感が訪れる。でも、そのたびに塞き止められ、淫獄の炎に焼かれそうなほどの、激しい疼きが身体を襲った。

小さな胸に、しっかりと巻きつけられた鎖、…引っ張られるたびに、胸がちぎれてしまいそうだった。締め付けられたせいで、胸はぷっくりと充血し、真っ赤に熟《う》れている。

「いやらしい色だな」

さっきまで男が舐めていた部分に、ルドルフが指の腹を這わせ、尖りを引っ掻いた。

「ああぁ！」

途端に強烈な射精感が込み上げ、ラインハルトは狂おしく悶えた。なのに、射精できない。

「もう、…っ…！」

引き千切られそうなほどに、縛り付けられた胸は、鋭敏になりすぎるほどに敏感になっている。

「いいものがあるだろう？　そこを使え」

ギュンターの指示で、ラインハルトの身体を壁側に寄せる。

腰に、硬いものが当たった。男根かと思い、ラインハルトはぎょっとする。

けれど、それが、男根を模した張子だということに気付く。この部屋には、あらゆる拷問の道具が揃っているらしい。

「ひ…っ――」

壁から生えた男根の上に、身体を下ろされた。

疼いた部分に腰を下ろされる。ずぶずぶと滑らかに、ラインハルトの内壁は男根を呑み込んだ。

「あっ、あっ、あ……っ」

壁には男根を模した張子が生え、そこに上から縛り付けられたまま腰を落とされた。

そして、ルドルフは大きくラインハルトの両足を広げて見せた。

「うう…」

背後に男根を埋め込まれたまま、身体を浮かされ、両脚を大きく広げられる。

後ろに埋め込んだ姿を、正面から周囲の男たちに見られる。

「すごい…な…」

思わず、部下の間からいやらしい感嘆が洩れた。これは、ラインハルトを辱める為の刑罰なのだ。

「腰を揺らしてみろ。お前の好きなものだぞ? 自分で動いて楽しめばいい」

腰を動かし、自ら後ろの刺激で絶頂を迎えることを示唆される。

壁に貼り付けられた美しい彫像のような姿…けれど背後には肉根を埋め込まれている。

「ああ…っ」

見られている。突き刺さる視線が、肌をじん…と痺れさせる。痺れは下肢に流れ込み、ずきずきと肉茎を疼かせた。そして最奥も肉襞も、ラインハルトのあらゆる場所を、性器に変えた。全身を性感帯さながらに、ラインハルトは悶えまくる。

「ああ。ああ…っ…」

腰が自然に揺らいだ。ルドルフがラインハルトの足を下ろす。床につま先をついたまま、ぬちゅぬちゅとラインハルトは双丘を前後させた。そうすればもう止まらない。

双丘に大きすぎる異物を埋め込まれているのに、その圧迫感が苦しいのに気持ちよくてたまらない。肉襞を摩擦する快楽は、何ものにも代え難く、しっとりと充血し、もっと擦って欲しくてたまらなくなる。

(もっと、…太いので、擦って、くれ…)

そして、こんなじれったい己の動きではなく、ルドルフの激しく逞しい腰使いで。

ルドルフがラインハルトの痴態を眺めながら、前を強く握った。

「あああー…っ！」

腰が激しくくねった。

吊り下げられたまま、快楽に喘ぐ姿を存分に楽しまれる。

他にも、肉根が生えたグロテスクな玩具は部屋にあり、木馬に乗せられもした。それは足がゆりかごのようになっており、安定性はない。揺れるたびにラインハルトを突き上げ、懊悩に突き落とした。

「ローゼンブルグの司令官殿は、一人遊びがお好きだと見える」

下卑た嘲笑がラインハルトを包み込む。

さんざんいやらしい姿を堪能した後、やっと縄を解かれた。テーブルの上に身体を横たえさせられる。

「今度は、本物を入れていただいてはどうか？」

ギュンターの声が聞こえる。

まだ、張子ならば私刑や暴力の延長とも取ることができても、生の男のものに犯されて感じてしまえば、もう言い訳はできない。

男に犯される場面を公開され、楔を埋め込まれ嬌声を上げ、感じる表情もすべて、男に突き上げられ果てるまで見届けられるのだ。

身体は疼ききり、たまらなく熱い。

「調印は？」

「する、ものか、く…っ」

最後の力を振り絞り、抵抗しようとすると、往生際が悪いラインハルトに手を焼いたのか、ギュンターの命令で扉の外から他の人物が入ってくる。

「なっ……！」

ラインハルトは驚く。ハンスとエーリヒだった。

「ラインハルト…」

ハンスがラインハルトを見て驚く。ラインハルトは衣服をはぎ取られ、淫らな姿でルドルフの身体の下にいる。そして周囲にはギュンターや男たちの姿があるのだ。

彼らはラインハルトを眺めていた。

そして、ハンスは同じように部屋の隅の椅子に連れていかれ、座ったエーリヒの上に乗せられる。

「なっ、い、いや…っ！」

ハンスは強く抵抗した。けれど、上着の上からエーリヒの掌が潜り込み、胸を揉みしだく。激しくハンスの身体が跳ねる。頬がこれ以上ないくらい、紅潮した。

抵抗するたびに、周囲の男たちの視線を意識してしまうのだろう。もがくが、エーリヒの力と体格に敵わない。

白い肌を晒せば、男たちがじ…っとその姿を見つめる。

「だ、め…っ!!」

「やめろ…！　ハンスには手を出すな…！」

けれど、ルドルフの身体の下から、ラインハルトは逃れられない。その間にも、ハンスの身体から、エーリヒが衣服をはぎ取っていく。

裸体を晒され、その滑らかな肢体にも、男たちの視線が落ちる。

ハンスもエーリヒに犯され、ラインハルトはそれを見せられる。残酷だと思いながらも、それを感じさせないくらい熱い掌の愛撫が、ラインハルトにも施される。

「んっ…やめ、…っ！」

ルドルフに責められ、ラインハルトは声を上げた。けれど、ハンスがいる以上、感じているのを知られたくはない。

(声を、聞かせるものか)

ラインハルトは必死で耐える。

「やめ、やめて…！」

「くそ…っ！」

ハンスの抵抗がラインハルトの耳を突き刺す。助けてやりたいのにできない。

そのうち、声に涙が混じるハンスに、エーリヒは布を取り出し目隠しをした。

「…あ…」

視界を遮断され、男たちの視線を意識しなくてもよくなる。ハンスがわずかに、安堵の溜め息を零すのが分かった。

そして、肉が擦れる音がして、エーリヒがハンスに男根を埋め込むのが分かった。

「ああ…！」

ハンスがエーリヒに犯されている。エーリヒがハンスに口唇を寄せた。

口づけながらも、下肢は激しく、ハンスを突き上げている……。

「ああ、んっ、んっ」

次第にハンスは意識が朦朧としてきたのか、腰を自ら振り始める。男に抱かれるのに慣れきった姿だった。目隠しのせいで、周囲の男たちの視線を感じなくても済む。

今自分がどこにいるのかも、分からないのだろう。

「私だけを、…感じていなさい。今君を抱いているのは、私だけだ。いいね？」

命じられ、ハンスは素直に、エーリヒだけを感じようとする。

「ああ、い、いいっ…」

二人しか見えないようになっている。

「夢中になっているようだ」

ルドルフがほくそ笑む。

そしてルドルフもラインハルトを貫いた。

（ああ…っ！）

悲鳴をラインハルトは必死で呑み込む。

ハンスと共に、二人で同じ部屋で犯される。

次第に、ラインハルトの意識も現実から逃避していく。


チェスの駒に、ラインハルトは学生時代を思い出していた。

「俺はどうせ末端だからな。王位には就けない。護衛程度にいいように使われているさ」

武官と同じ立場にすぎないと、ルドルフは言う。彼の強さならば、他の王族を守っていけるだろう。

「そういうものなのか？」

「俺はお前みたいな華やかな立場じゃない。お前は国に戻れば王位が約束されている」

ルドルフはラインハルトを華やかだと称した。

「さあ、どうかな。そんなことより、続きをしよう」

チェスの台に向き合う。ラインハルトとルドルフは互角の腕を持つ。

黙ったまま、お互いに何を話すでもない。

二人が向き合う台から、中庭が見えた。中庭の中央には池が見える。

ある日のこと、ラインハルトはルドルフを待ちながら、池を眺めていた。

そのほとりで、白鳥がうずくまっていた。様子がおかしい。

よく見れば、羽根が折れている。

助けに行こうか迷っていると、池をルドルフが通り掛るのが見えた。

彼は躊躇なく着ていた上着を脱ぎ、白鳥を大切そうにくるみ、連れていった。

多分病院に連れていったのだろう。

それから大分遅れて現れたルドルフは、遅れてすまないとだけ言って、白鳥を助けたのだと詳しいことは言わなかった。言い訳はしない。

ちゃんとした理由があるのに、細かいことは言わないから、誤解を受けやすいのかもしれないと、ラインハルトは思った。もしラインハルトがその光景を見ていなかったら、怒ってしまっていたかもしれない。

本当に必要なことだけ、自分が分かっていればいい。人に分かってもらわなくても、自分が自分をしっかりもっていればいい。そして己に満足し、きちんとした行動をしていればそれでいい。そう気付かされながら、彼の真の優しさをラインハルトは知った。

寡黙で何を考えているか分からない人だけれど、周囲から一目置かれていた。

真面目で、人に惑わされず、自分の信じる道を進む。

そんな彼に憧れを抱いていた……。

(好きだ……)

ラインハルトは心からそう思っていた……。

なのに、あの日。

「やめろ…ルドルフ…!」

直後、姿を消し——。

その後、開戦を知った。

結局、親友だと思っていたのは自分だけだ。

ルドルフにとっては所詮、ラインハルトは敵国の人間でしかなかったのだ。

ふ、と意識を取り戻すと、周囲には誰もいなかった。

床に身体は下ろされ、寝かされていた。

（ハンス…！）

もう誰もいない。いるのは、ルドルフだけだ。

どうやら下がらせたらしい。

今まで見ていたことが、すべて夢だったらいいのに、そう思うが、身体の奥の鈍痛は消せない。

ルドルフは、他の男にラインハルトが肌を嬲られても平気だった。

抱かれる姿を、周囲に見せつけた。

「何か言いたそうだな」

ルドルフが先に口を開いた。

「…別に」

「ずい分、のっていたみたいじゃないか。他の男の味は良かったか？」

きっとラインハルトはルドルフを睨み付ける。

「お前よりは良かったかもな」

「だったら、本気でお前をもう一度、抱いてやろうか？」

これ以上挑まれたくはない。思わず強気な態度とは裏腹に身体が竦めば、ルドルフはそれ以上、ラインハルトに手を伸ばしたりはしなかった。

何も知らなかった頃に戻りたい。男に抱かれることも、そして他の男に抱かれることも、知らなかった時代に。けれど、もう戻ることはできない。それは体内の甘ったるい鈍痛が示している。

互いの国にしばられず、ただ一人の人間として純粋に慕っていた。

互いの人間性だけを考えていればよかった。

でも今は、ルドルフはライフェンシュタインという国を背負っている。一人で行動できる立場ではない。そして、ラインハルトもハンスを守らねばならないという使命を負っている。

もう、覚悟を決めなければならないだろう。

ラインハルトが、ルドルフを暗殺するのを躊躇したせいで、ハンスまでもが数多くの男たちの視線の中で、男に抱かれることになったのだ。

ルドルフに毛一筋も、ラインハルトを想う気持ちはない。

もう、ためらう必要はない

ハンスを、守る。それが、今のラインハルトの使命なのだ。

先ほどまで抱き合っていた熱い身体、ルドルフも裸体だ。

「もう、一度……」

ラインハルトは自ら誘う。脱がされた靴を拾い、靴の踵の裏に仕込んでいた短刀を、す…っと抜き出す。ローゼンブルグを出る時に、隠していたものだ。

そして、ルドルフの首筋に、両手を絡めて彼の身体を引き寄せる。ルドルフは裸体のラインハルトに、油断しているらしい。座ったままの彼に、身をもたせるようにして飛び込む。

（さよなら……）

彼の首の裏に、腕を回し短刀の、狙いを定める。気配を殺し、音を立てずにナイフの先端が、ルドルフの首の真裏を狙う。

あとは、力を込めるだけだ。

けれど、力を込める一瞬を、ラインハルトはためらった。

「力を入れればいい」

（…っ！）

ラインハルトの胸がドキリとなる。

（気付かれていた…っ⁉）

ルドルフはナイフを突きつけられているというのに、分かっていて逃げない。

「そうしたいのなら、お前の気が済むようにしろ」

（なぜ？）

まるで、ラインハルトに殺されるのなら構わないというように。その後一歩を、踏み出せなかった。すると、ルドルフは嘲笑った。

「甘いな、お前は」

すると、ラインハルトの腰を抱き寄せていたルドルフの右手が、いつの間にかラインハルトの頬の横にあるのが見えた。

（あ……！）

頬に冷たい刃が当たった。

ルドルフはやはり、ラインハルトよりも上手《うわて》だ。武術に秀で王位に就いた男の強さは、学生時代に知っているルドルフの姿と変わらない。

ラインハルトは、彼には敵わないのだ……。そのことを、思い知らされる。

「くそ…っ…。だが、お前が俺の首筋にナイフを突き立てるならそれでもいい。俺もお前に突き通す」

「そうだな。俺もただでは済まないだろうな」

相打ちの可能性もある。

裸体で、ナイフを突きつけ合う。一触即発の緊張が、ラインハルトの肌をぴりぴりと震わせた。

どちらかが動けば、その瞬間、ナイフは互いの首筋に突き立てられるだろう。

寸前まで抱き合っていたというのに、今は息の根を止めようとしている。

「……」

ナイフを突きつけ合い、正面から睨み合う。

「お前が本気で俺を殺したいのなら、俺は……」

ルドルフが言った。膠着《こうちゃく》状態を破るように、ルドルフが先に動いた。

「っ!!」

ラインハルトは身構える。彼のナイフがラインハルトの首筋を捕えるのだと、ラインハルトは思っていた。なのに。

（え…？）

ラインハルトを捕えたのは、ナイフの冷たい感触ではなく、熱い口唇だった。

（な……）

ルドルフの口唇が、ラインハルトのものに重なる。

なぜか交えたのは、ナイフではなく、口唇だった。

ナイフを突きつけ合いながら、口唇を重ねる。

力を入れれば命を奪われる状況の中で、互いに刃物のような冷たいキスを交わす。

物騒で、冷たくて、けれど重ねられた口唇だけは、燃えるように熱い。

きらめく刃の冷たさに重ね合うように、ぞっとするほど冷たく、凍りつくような身体に、火のような官能を呼び覚ます。

あまりに殺伐として、そして熱いキスだった。

ラインハルトの手元が狂う。一瞬込もった力に、ルドルフの首筋に刃が当たる。一筋の傷を作った。そこから零れ落ちた血が、薔薇の形の小さな血溜まりを床に作った。

「ん……」

初めて知る、ルドルフの口唇の感触だった。

ルドルフは、逃げない。

もしかしたら、ラインハルトに殺されるのなら構わない、そう続けようとしたのだろうか。

初めての口づけは、血の味がした。

ラインハルトに傷つけられているというのに、ルドルフは逃げずに深いキスを仕掛けてくる。ラインハルトの指先から力が抜けていく……。

——こんなふうにキスの最中に死ねたら。

熱いキスの記憶だけを閉じ込めて。

その胸に抱かれたい。甘く官能の蕩けるような夢の中で死ねたらいい。

好きな人とのキスだけの記憶に身をまかせゆだね、死ねたらこんな幸せなことはないのに。

罵り合いながら、殺し合いながらも、口唇だけは重ね続ける。

愛する人を殺さなければ、ハンスが殺される。

脅迫と愛に阻まれて、もう身動きが取れない。

なぜこんな使命を与えられたのだろうか。

再び、ルドルフがラインハルトに覆い被さっていく。

「だからお前は甘いというんだ。一思いに刺せないからこそ、俺に貫かれるんだ」

ルドルフが乱暴にラインハルトを貫く。けれど、口づけは与えられる。

駄目だ。

(キス、しないでくれ……)

キスが、ラインハルトから抵抗を奪う。そのキスに誤魔化されて、体から力が抜けていく。

「ラインハルト、口を開けて。…そうだ」

彼の舌を噛み切ってもよかったのに、それができない。深く口唇を重ね合わせれば、交わる身体も深くなる。

「ああ…」

ラインハルトは悶えた。口づけを与えられながらの行為は、今までで一番、感じる。

ナイフを突き付け合いながら、身体を重ねているのに。

命を掛けて、互いに抱き合う。緊迫した雰囲気が、より性欲を高めるのかもしれない。

やはり、この男が忘れられない。それを思い知らされただけだった。どれほど酷い真似をされても、好きな男が自分を抱くのだ。

彼が、中に入っている。

「ああ、ああ！」

乱暴にラインハルトの中を突き上げる。彼が最奥を抉り上げる。重なる彼の肌も、強く求める態度も、何もかもがラインハルトを感じさせる誘惑に満ちている。

こんなふうに被虐に陥れられ、最奥を明け渡し、プライドを一番捻じ伏せられる真似をされても、好きな男に抱かれるというのは感じてたまらない。

「ひくついているな、自分で締め付けるなんて、いやらしくなったものだ」

嬲られても、ラインハルトはぎゅ…っと締め付ける。悦虐と背徳は、甘い蜜だ。

身体は蜜に蕩け、甘く快楽を啜る。

本当に、殺されるかもしれない。

こうして、抱かれている最中に…殺して欲しい。

これが、最後だ。ルドルフに抱かれるのは最後だと思いながら、ラインハルトは彼の与える快楽を、すべて貪《むさぼ》り尽くそうと、自ら腰を振り、溺れていった。

ベッドで眠るハンスの横顔を見つめる。あの時、ルドルフを殺していれば、こんなことにはならなかったのに。自分の躊躇いと弱さが、ハンスを傷つけたのだ。

「ごめん…な」

床に膝をつくと、シーツから出るハンスの腕を掴む。シーツに肘をつき、掌を握り込む。

目頭が熱くなる。自分のために流す涙は捨てた。人のためにラインハルトは涙を流す。

「ラインハルト…」

「ハンス!? 目が覚めたのか?」

「ここは?」

「寝室だ」

「もう、誰もいないの? 僕は…ラインハルトも」

ためらった後、ラインハルトは言った。

「夢を見ていたんだよ、お前は」

悪い夢だと思ってくれればいい。忘れろといえば、現実にあったことだと自覚たらしめる。ハンスは途中から意識が朦朧としていたようだった。

最初からなかったことにすればいい。ハンスのためにも。

ラインハルト自身が痴態を見られた羞恥より、ハンスが傷つくことのほうをラインハルトは恐れる。彼の身体は、ラインハルトが気付いたときは、エーリヒが綺麗に拭っていた。清潔なシーツにハンスの身体を横たえたのも彼だ。

「……そう」

ハンスはそれ以上、確かめようとはしなかった。むしかえそうとも。人の心の機微に敏いハンスのことだ。思いやり溢れる彼は、夢だというラインハルトのために、そうしようとしたらしかった。

ハンスを守るために、ラインハルトはルドルフを殺そうとした。ハンスを帝位に就かせようとするのは、妾腹であり生まれてすぐに母を失ったラインハルトを、分け隔てなく育ててくれたハンスの母親への恩返しでもあった。そして、ハンスはラインハルトを心から慕ってくれた。

誰も味方はいないと思った場所で、たった一人でも味方がいるという心の支えは、どれほどラインハルトにとって心強いものであったか。

ハンスは家族であり、弟であり、親友だった。

親友など、たった一人いればいい。その人物が本当に困ったとき、すべてを投げ捨ててでも助けることができるのが親友だ。何があっても受け入れられる友人のことだ。

それだけの覚悟を抱くことができない人間は、親友とは呼ばない。友人というものは、利権や、都合のいい相手だからという理由で繋がっていることが多い。

でも、ハンスは心からラインハルトの大切な人間だったのだ。

ラインハルトは皇太子として、暗殺や誘拐の標的として狙われることを、すべて己の身に被ってハンスを守ってきた。

自分はどうなってもいい。どれほどつらいことがあっても、それがラインハルトの生きる価値なのだから。

国が平和を取り戻したら、王位もハンスに与えるつもりだったのだ。

(だから……)

ラインハルトは誰よりも強くなった。守りたい存在を、守れるように。

愛する者を犠牲にしても。自らの幸せを犠牲にしても……!

けれど、どこにも利権のために、弱点を探ろうとする存在はあるものだ。軍部はルドルフに近付くことのできる人間として、ラインハルトに白羽の矢を立て、いつでもハンスを暗殺できるのだぞと脅迫した。

軍部はラインハルトが失敗しても痛くも痒くもない。ルドルフを暗殺できればローゼンブルグは独立も守れる。そして、ラインハルトが暗殺に失敗し殺されれば、ハンスは最初からなかったものとし、王制は後を継ぐ者がいなくなったとして廃止に軍部が巧みに追い込み、軍部が戦後のローゼンブルグの勢力を握る。

ラインハルトはどちらにせよ、どこからも必要とされない存在なのだ。

たった一人だけでも、ラインハルト自身を、…必要としてくれる存在があったのなら。

王族でありながら、どこにも居場所がない。

華やかに見えてその実、たった一人の愛する人にも、本当のことが言えない。

口をつぐんだまま、憎しみだけをぶつけ合う。

戦いがなければ、自分たちの立場は、引き裂かれずに済んだろうか……？

国のためと思っても、ラインハルトの努力は自国でも理解されない。目立つ容姿と身分は、ラインハルトを妬みと傷つける対象にしただけだった。実力に驕る男たちのプライドを刺激するだけだった。落ち度がないほどに、何とかして引きずり下ろそうとする。ラインハルトにとってハンスという存在を見つけた時、彼らは狂喜したに違いない。ラインハルトを傷つける彼らであっても、ラインハルトは自国の人間なのだから、守ってやりたいと思っていたにもかかわらずだ。

自国に置いて狙われるより、せめて自分のそばでハンスを守ってやりたかったのだ。でも、ハンスは、ライフェンシュタインに連れてこられたことで、暗殺されるよりも酷い仕打ちを受けた。

悔やんでも悔やみきれない。

守れなかった不甲斐ない自分にも歯噛みする。

今度こそ、彼を守りたい。何があっても。その時、扉が開いた。


「ラインハルト…！」

不安そうに、ハンスがラインハルトを振り返る。

ギュンターの部下数人が無理やり寝ていたハンスを起こすと、連れ出していく。肩を抑え付けられながらも拘束を力ずくで解くと、ラインハルトはハンスを追った。

今までとは違い、ラインハルトではなくハンスにだけ用件があるような様子が窺える。

寝室の外の簡素な応接室だ。

「ハンスは関係ないだろう？」

言いながら、嫌な予感に胸が鼓動を速める。緊張のあまりじっとりと汗が掌に浮かぶ。

「…あ、あの…」

心配そうにハンスが、ラインハルトを見上げる。

その場に待っていたのは、ギュンターとルドルフだった。

「ハンスが従者とは、よく言ったものだ」

ギュンターが笑った。

ドキリ、とラインハルトの胸が鳴る。

「おや？　その表情はやはり、図星か」

ラインハルトだけならば、誤魔化すこともできた。だが、ギュンターはハンスの様子も窺っていた。ハンスは嘘がつけない性質だ。

テーブルの上に紙が置かれる。ペンが用意されていた。

「ハンスの出自を調べさせた。うちの情報網も、それほど悪くはなかったらしい」

揶揄したからこそ奮起したのだと、ギュンターは告げる。

「まさか彼も王子だったとはね」

いつかばれることだとは覚悟はしていた。恐れていた時がきた。

「彼の調印でも充分有効だということだ。いや、ラインハルト殿よりも効力は上かな？」

ラインハルトは唇を噛み締める。

「あう…っ！」

ギュンターがハンスに無理やりペンを握らせる。

「やめろ！　ハンスのことは傷つけるな！」

今度こそ、守る。追い詰められた時の、人間の壮絶な覚悟をギュンターも感じたのだろう。ラインハルトに睨みつけられて、かすかに怯んだ様子を見せた。けれど、それは一瞬のことで、ラインハルトを押さえ付けていることと、ハンスの秘密という切り札を握ったことで、余裕を感じ勝利を確信しているらしい。

「ラインハルト殿にはてこずらされたが、ハンス殿ならすぐに調印いただけるだろう」

芯の強さを見抜かずに、外見のたおやかさで、ギュンターは判断する。

「調印さえいただければ、こんなふうに手荒な真似をせずとも済む」

ルドルフは黙ったまま見つめている。ラインハルトを庇うこともない。

ハンスの身体がテーブルの上に抑え付けられる。

「できない、できないよ…！　ラインハルト…！」

彼の頭に銃が突きつけられる。ラインハルトのことは、屈強な部下たちが、背後から押さえ付けている。今この段階で、抵抗するのは得策ではない。助け出す方法を考えなければ。

ハンスはテーブルの上にうつ伏せに組み伏せられて、背中から圧し掛かられている。苦痛に眉を寄せながら、銃で撃ち殺されるだろう恐怖の前で、それでもラインハルトを気使い、絶対に素直に調印するとは言わない。

「いい、するんだ」

「ラインハルト……！　そんな……！」

ハンスはラインハルトの命令に、驚きの声を上げる。けれど、ハンスはラインハルトの命令には、最終的にはいつも従う。ラインハルトが、ハンスのことをいつも一番に考えているという信頼があるからだ。

この瞬間は負けても、挽回のチャンスを狙う。勝利は紙一重だ。どんな勝負であっても、何がきっかけで逆転するかは分からない。だから、絶対に諦めない。諦めなければ可能性はゼロにはならない。だが、諦めてしまえば勝負はそこで終わりだ。

ハンスは嫌々ながらといった表情で、ペンを走らせる。ラインハルト自身の意志ならば、殺されてもサインはしなかっただろう。ハンスの意志も同じだ。でも、ハンスはラインハルトの命令だから、サインする。

サインを終えると、ハンスをテーブルから引き剝がし、ギュンターはハンスをラインハルトに向かって突き飛ばす。

「あう…っ」

投げ飛ばされたハンスを、ラインハルトは抱き止める。二人を部屋の隅に追い詰めたところで、ギュンターは言った。

「サインさえもらえれば、もう用済みだ」

彼が銃を構える。二人に狙いを定めていた。

「卑怯な奴」

サインした後の処遇を、予想しなかったわけではなかった。

自らを盾にすれば、ハンスは守れる。ギュンターの銃を急所を避けて受ける芸当くらいはできるだろう。その一瞬で彼の懐に入り込み、銃を奪う。

できるかどうかは分からなかったが、ハンスを助ける方法を脳裏に思い描く。ギュンターの身体にも無駄のない筋肉がついているのが、軍装の上からも分かる。彼も武人として名を馳せた人間だろう。ラインハルトが勝てるかは微妙だ。

「俺たちを殺して、その後どうなるか、考えたことはあるのか？」

最後の駆け引きに出る。

銃を向けられても、震えることなく凜として立ったまま真っ直ぐに、ギュンターを見上げる。一時の勝利の快楽に酔っても、人を傷つけたひずみはいつか、自分に跳ね返ってくる。ギュンターは私益に目が眩んでいる。己の利益だけを考えた生き方は、哀れだと思った。人のために尽くす尊さと喜びは、何ものにも代え難いのに。

「そうだな。ローゼンブルグが何もできないだろうということだけは分かるな。もし万が一、できないだろうがローゼンブルグが報復のために攻め入ってきたとしても、それを口実として、ローゼンブルグを攻め滅ぼしてしまえばいい」

ハンスの命も、ラインハルトの命も、どれもギュンターにとっては壁や床の染みでしかないのだろう。どんな命であっても、奪っていいということはない。どんな人格も、傷つけていいことはない。

銃口が上がり、撃鉄が下ろされる。引き金に掛かる人差し指が、ぴくりと動く。

諦めきったと見せかけて、力を込められる瞬間を見極め、ラインハルトは地面を蹴った。

「う、わ…っ!!」

素早い動きに、ふいを突かれたギュンターの銃口が上を向く。焦ったギュンターが、引き金を引いた。激しい銃声が響く。

「ラインハルト…っ！」

ハンスから絶叫が迸る。室内が凍りつく。

心臓を逸れ、ラインハルトの肩口を弾が掠める。構わず、ラインハルトはギュンターの懐に飛び込む。銃を叩き落とす前に、ラインハルトのこめかみに、別の銃口が突きつけられた。部下たちが銃を構え、ラインハルトに向けようとする前に、ラインハルトの身体がギュンターから引き剝がされる。

「ルドルフ、…助けられたな」

ギュンターが安堵の溜め息をつく。

「油断するな」

ずっと黙ったままだったルドルフが、初めて口を開いた。

ちらりとギュンターの様子を見やりながら、冷たい双眸で、ルドルフがラインハルトを見下ろす。

「制裁を、与えてやれ」

「ああ」

ギュンターに同意し、ルドルフはこめかみに突きつけていた銃を、ラインハルトの正面に向けた。

二人、立ったまま正面から対峙し、ルドルフの銃口はラインハルトの心臓の真上にある。

ごり…っと冷たく固い感触が、軍装の上から布を抉った。ギュンターはともかく、この距離で、ルドルフが狙いを外すことはないだろう。隙を作ることも。ルドルフは構えている銃と、腰にあと一丁銃を下げている。それを奪うことは難しいだろう。

ラインハルトは身構えていた腕を下ろした。

ルドルフは厳しい表情をしていた。彼の本気の表情だ。

今度こそ、殺す。その迫力が漲っている。

ラインハルトは彼にとって、心から邪魔な存在なのだ。それが分かる。

ラインハルトも彼を殺そうとした。

殺そうとした相手に、どうして情けをかけられるだろう。

「ハンスのことだけは、許してやってくれ」

静かにラインハルトは言った。

最後に、ラインハルトが望んだのは、自身の命乞いではなく、国を背負って立つ者のことだ。

己よりも、国を、人を、守らなければならない。

昔から、ラインハルトに居場所はなかった。自分が尽くしたいと思う場所でも、受け入れられることはなく、その存在は影でしかない。王族としては、ハンスのために尽くす存在であり、ラインハルト自身を必要としているのではないのだ。ラインハルトという人格自身を、認め受け入れてくれる人に、出会いたいと思っていた。初めてそう感じた人、たった一人ラインハルトがそばにいて欲しいのが、唯一疎まれ憎んでいる相手なのだ。

潔く銃口の前に立つ。

怯える様子も、取り乱した態度も、絶対に見せない。気高く凛とした姿に、部下たちの間から溜め息が洩れた。こうして最期を迎えても、命が尽きる一瞬まで、本心を告げることはできなかった。

逃げるつもりはない。

銃声が響いた。

ラインハルトの目の前が、血で真っ赤に染まった。

撃たれた衝撃で、ラインハルトの身体が床に崩れ落ちる。ルドルフ自身の掌も返り血で濡れていた。ラインハルトが床にうつ伏せに倒れ込む。

「死んだか」

カッカッと靴音を響かせ、ギュンターがラインハルトに歩み寄る。

「ラインハルト…っ！」

目の前で、大切な人が命を奪われる瞬間を見たハンスの身体が傾ぐ。床に叩き付けられる前に、その身体はエーリヒによって抱きとめられる。意識を失ったハンスを、エーリヒは抱き寄せた。

「……」

ギュンターが冷たい床に横たわる、ラインハルトを見下ろす。

「ローゼンブルグに遺体を送り返す準備をしろ。そうだな。理由は、ラインハルト殿は突然錯乱状態に陥り、ルドルフ陛下を暗殺しようとした。その為にやむなく射殺した、そう告げればいい」

「は…っ」

ギュンターの命令に、部下たちは部屋を出ていく。

室内に残ったのは、ギュンターとルドルフ、そして横たわるラインハルトと、気を失ったハンスを抱きかかえたエーリヒだけだ。

「よくやったな」

ラインハルトを撃ち殺したことで、初めてギュンターはルドルフに対する信頼を見せた。だからこそ、部下を下がらせたのだろう。今まで、ギュンターが一人になることは、決してなかった。

「これでローゼンブルグの王族に調印させるという目的は果たした。ローゼンブルグはこれでライフェンシュタインの属国だ」

冷やかにルドルフは言った。目的を達した喜びは浮かんではいない。悦に入り、上機嫌の様子のギュンターとは対照的だ。ルドルフは返り血を浴び、軍装の左全体が血で染まっていた。左の掌からは、血が滴っている。至近距離で人を撃つ衝撃の激しさを、物語っていた。

「これから、忙しくなるな。調印された文書を元に、ローゼンブルグを属国として従わせなければならない」

今後は、ルドルフがローゼンブルグをも統治する。

すると、ギュンターは言った。

「だが、その場に向かうのはお前じゃない」

ギュンターの手には、いつの間にか銃が握られていた。

「これでお前はもう用済みだ、ルドルフ」

「何？」

ギュンターの照準は、ルドルフに定められていた。ルドルフが一度は下ろした銃を、再び上げる前に、ギュンターは制する。

「やめておけ」

不敵な笑みを、ギュンターは浮かべた。銃口はぴたりと、至近距離でルドルフを狙っている。

ルドルフが銃を構えなおす前に、ギュンターはルドルフを打ち抜くだろう。

「驚いたか？　ルドルフ」

さも面白そうにギュンターは言った。

「……」

同胞として、同じ目的のために向かっていると信じていた男の裏切りを受けても、ルドルフは平然としている。驚き絶望するだろうルドルフの反応を、ギュンターは期待していたのだろう。あくまでも無表情なままのルドルフに、ギュンターが鼻じらむ。

「もともと、最初から私の計略には、お前を殺すことも入っていたんだよ」

「計略？」

「王制など、私にとっては邪魔な存在でしかなかった。所詮、軍のトップといえども、王の許可が得られない限り、決定は効力をなさない。そんな、いちいち王の顔色を窺わなければならない立場など、つまらない」

人の許可を得ずに、自らの決定だけで国を動かす、一度権力を自由に扱う楽しみを知った男は、それにしがみつく。周囲がこびへつらうのは、権力に対してだ。畏怖は次第に彼に都合のいい言葉しか吐かなくなり、謙虚さを失っていく。思いやりを失えば、人を惹き付ける個人の魅力は殆ど残らない。

「私の計略はこうだ。ラインハルトを殺したルドルフ王は、良心の呵責に耐えかね、自殺。王制は廃止され、今後は軍部が政権を掌握する。調印させた後、ラインハルトをどうやって殺そうかと思っていたが、お前が本当に殺してくれてよかったよ。ラインハルトを殺す手間も、省けたというものだ」

ギュンターの告白に、味方であるはずのルドルフは、ショックを受けた様子もない。

「父王は？」

「流行り病で亡くなってね。丁寧に埋葬してあるよ」

ギュンターの言葉に、ぴくりとルドルフのこめかみがすじだつ。

「おや？　驚かないのか？」

「父王と会えなくなってから、俺も調べさせていた。父王ももう亡くなったというのなら、お前の言いなりになる必要はないな」

ルドルフを取り巻く空気が、冷ややかなものになる。冷静な態度を取りながらも、目だけは激情を浮かべるかのように苛烈だ。

「そろそろ、おしゃべりは終わりだ」

ギュンターの指先に、力がこもる。

「さようなら、ルドルフ。…ぐぅ…っ！」

銃を構えていたはずのギュンターが、突然腹を押さえ前のめりに倒れ込む。

「なっ…う…っ」

がくりと膝をつき、ギュンターはうつ伏せに床に崩れ落ちた。

「なぜ…？」

ルドルフは銃を構えていなかったのに、ギュンターは訳が分からないといった様子だ。

這いつくばった姿勢で、心から不思議そうにルドルフを見上げている。

その時、ギュンターの視線が、ある一点で止まった。彼の目が、大きく見開かれる。

「ラインハルト…お前、生きて…いたのか…っ」

いつの間にかラインハルトは上体を起こし、銃を構えていた。銃口からは煙が立ち昇る。

きつい瞳が、倒れるギュンターを見ていた。

「その銃はどこから…、まさか…っ」

ルドルフの腰に下げていた銃がない。

「ルドルフの、銃か…っ!?」

「油断するなと言ったはずだ」

ルドルフはクールに、今さらの忠告を与える。

「お前、こそ…っ、銃を奪われておいて、何を…っ」

撃たれながらも、ギュンターは最後まで往生際が悪くルドルフを貶めようとする。ルドルフならば、銃を奪われるような不様な真似はしない。なのに、彼はラインハルトに銃を奪わせた。

ラインハルトが銃を構えて、ギュンターを撃ち抜いていた。ラインハルトの手に握られているのは、ルドルフの銃だ。ラインハルトは身体が触れ合うその瞬間に、ルドルフの腰に下げられている銃を奪い取っていた……。

ラインハルトの心臓には、撃ち抜かれたはずの傷跡がない。

「なん、で……」

ギュンターはルドルフの左の掌を見る。新たな血が流れ出していた。返り血ではない。ルドルフは、ラインハルトを撃たなかったのだ。代わりに撃ち抜いたのは、己の掌だ。

「く…っ…なぜ、だ…っ」

ギュンターがとうとうドサリと床に倒れ込み、動かなくなった。

銃声を聞きつけたのか、慌しい足音が近づく。すぐに、ギュンターの部下たちが姿を現し、床に倒れて血を流しているギュンターの姿を見て、目を見開く。

「元帥…っ！」

部下が銃を構え、ルドルフに狙いを定める。けれど彼らは引き金を引く前に倒れる。

エーリヒが彼らを撃ち抜いていた。ルドルフに至近距離で銃が突きつけられていない以上、彼も銃を構える危険を冒すのに、何の躊躇もいらない。

「後の軍部の件については、私にお任せを」

抑揚のない声で言い残すと、エーリヒがハンスを抱きかかえたまま、部屋を出て行く。

静まり返った室内、誰の邪魔も入らない場所で、ラインハルトは訊いた。

「なぜ、俺を撃たなかった⁉」

酷く困惑していた。憤りと激情が迸り、ラインハルトはルドルフの胸倉を摑む。

父王を囚われていたというのなら、その命を脅かしてまで、なぜ⁉

「…お前こそ。銃を取っておきながら、なぜ俺を撃たなかった?」

ルドルフが逆に訊ねる。

父王を助けるだけでよかったじゃないか。

掌の傷が目に痛い。弾はルドルフの掌を打ち抜いたものの、ラインハルトの命を奪うことはなかった。ルドルフは弾を、自らの掌に受け止めたのだ。

「それは……」

ラインハルトはためらう。

どうしても、殺せなかった。殺せなかったのだ。一度は、ハンスを守るために殺そうとした。でも、殺せなかった。ラインハルトが死ぬことで、ルドルフが助かるのなら、それでもいいと思った……。

「ハンスを連れてさっさと国に戻れ、ラインハルト」

「何だと？」

ラインハルトはずっと、ルドルフに困惑させられてばかりだ。

「俺は、…国には戻れない」

どうせ戻っても、軍部に疎んじられるだけだ。すると、それを見透かしたかのように、ルドルフは言った。

「ローゼンブルグの軍部は、お前が俺を殺そうとした段階で、それを理由に攻め込むと脅したら、さっさと首謀者を売った。軍部は王族の命令に従うそうだ。お前が帰っても、何の問題もない」

ラインハルトは目を見開く。

自分をあれほど悩ませていた問題を、この男が手を回して解決していた……？

「ギュンターを殺した以上、ここも物騒になるだろう。軍部は指導者を失い弱体化するだろうが、後始末で俺は忙しい。お前をもうここに留め置く理由もなければ、いられても邪魔だ」

言い捨てると、背を向ける。

邪魔だと言いながらも、その裏の真実は、ラインハルトをまるで、安全な場所に戻したいがためのようではないか。軍部の残党がどう動くか分からないライフェンシュタインより、首謀者が既にいないローゼンブルグの方が、確かにラインハルトにとっては今は、安全な場所かもしれない。

だが、ルドルフと別れるわけにはいかない。

「待てよ！」

ラインハルトの勢いに、ルドルフが立ち止まる。

「ギュンターとのやり取りを聞いた」

ルドルフが振り返ると、初めて動揺した様子を見せる。

「気を失っていたんじゃないのか？」

銃で撃たれた衝撃は、掌を通して伝わった。

激しい衝撃に息が詰まった。ルドルフはきっと、ラインハルトが意識を失って床に倒れこんだと、思ったに違いない。

気を失いそうになったけれども、ラインハルトは倒れ込みながらもすべて、ルドルフとギュンターのやり取りを聞いていたのだ。

「本当のことを、言え」

ラインハルトは命じた。

「今度こそ、真実を聞くまでは、俺は――お前を逃がさない」

きっぱりと、ラインハルトは宣言する。誰よりも真剣に。

本当のことを、ルドルフが言うまでは動かない。

真摯な瞳を真っ直ぐにルドルフに向ける。その真っ直ぐな瞳に、ルドルフはとうとう口を開いた。

「それならば、俺が最初からお前を助けたくて計画したと、そう言えばお前は満足するのか?」

(っ!)

ラインハルトの心臓が強く跳ねた。

「今のライフェンシュタインにとって、権力を握っていたのは軍部だ。彼らは目先の利益しか考えていない。彼らはこの戦争を機に、理念や将来性よりも、己の私腹を肥やそうとしていた。今しか見えていない、将来を見通す力がない、それは致命的だ」

今さえよければそれでいい、一時の感情に突き動かされ、将来性を見通せない、そういう輩には人の上に立つ資格はない。

「奴らはローゼンブルグを得ることを狙っていた。お前ごと王族を殺すことも厭わない。俺が阻止するためには、彼らに発言できる立場に着くこと、一目置かれる立場に着くこと、王位に就くしかなかった」

だから、欲しくもない権力を得たのだとルドルフは言う。

彼に似合わない権力欲、それを手に入れた理由は……。

「軍部にとっては、都合のいい王を演じる必要があった。彼らの操り人形になっているうちは、彼らは王族を利用する価値がある。その中で、俺はどうすれば権力を奪還し、お前を守れるか、考えていた……」

昔を思い出したのか、ルドルフが遠い目をする。

「兄弟たちを押しのけ、味方が誰ひとりいない中で即位した。その時の俺は、お前を守る力を持たなかった」

淡々とルドルフは言葉を紡ぐ。まるで他人事のように話す。

それはきっと、真実かもしれない。

今までのギュンターの振る舞いがそれを裏付ける。今なら、答えてくれるかもしれない。

ラインハルトは抑えつけていた言葉を告げる。

どうしてそれを告げなかったのか。

今なら分かる。ラインハルトが抱かれている時、常に人の気配があった。ルドルフも、ラインハルトも、その動向を見張られていたのだ。

きっと、ルドルフは裏切らないように見張られていたのだ。わざと酷いことをしたのも、もし裏切っていることが分かれば、家族が危険だからだ。そして、ルドルフがラインハルトと繋がっていることが知られればきっと、――ラインハルトも殺されていた。

敵を欺くにはまず味方から、それは戦術の初歩だ。

「王位に就いたのも、お前を手に入れたかったからだ。言っただろう？　ローゼンブルグは他の国に王族を売るかもしれないと。だったら、お前を手に入れるには、俺自身が王になるしかなかった」

すべて、ラインハルトを手に入れるため…？

「忘れろ。お前に都合のいいシナリオを言っただけだ」

ルドルフは自嘲気味に言うけれど、それが真実でないことを、ラインハルトだけは分かる。今、ルドルフが言ったのは、嘘ではないのだろう。ラインハルトが一番、負担のないようにしてくれる。

「父王を、人質に取られていたんだな……」

「ギュンターの言ったことなど信じなくていい」

ルドルフは言った。

「もし真実だとしても、ギュンターを制止しきれなかった俺の責任だ。ギュンターの始末をつけるのは、俺だ。兄たちも、他国を攻め、領土を拡大することしか、考えていなかった。それは国民に痛みを伴わせる。国民を傷つけないために、俺は王族の義務として、俺が王位に就くのが一番いい方法だと考えたに過ぎない」

ラインハルトも似たような状況に追い込まれたら、きっとルドルフと同じ決断をする。ルドルフこそが、王の中の王だ。

何も言い訳をしない潔さ、そのルドルフの性質は、昔から変わってはいなかった。

「お前の国にも差し向けて、軍部自体のクーデターをおさめておいた。だから、お前はもう自由だ。これでお前も俺を殺す任務から解放されたな」

「…知っていたんだな」

私怨で彼を傷つけようとしたのではなく、ラインハルトは裏で操られていたのだということを。

ルドルフは自国だけではなく、ローゼンブルグを、そしてラインハルトを助けるために動いていたのだ。味方のない中、すべて秘密裡に。

そしてラインハルトにも告げずに。

自分の掌を、傷つけてまで。

「こんな傷を、作って」

自分のせいで傷付けたことが悔しい。

彼のつけた傷をラインハルトはすくい取る。

「こんなのは、どうってことない。掠り傷だ」

そんなわけがない。傷の深さを見て、胸が詰まる。シャツを破き、止血を施す。布の上から掌に口唇を寄せる。この傷が塞がるまで、口づけていたい。

お互いに愛し合っていながら、互いの、守るもの、守りたいもののために、真実が見えなかった。

本当に愛する者までをも騙し続けた。

今回で一番傷ついたのは、ルドルフかもしれない。

ルドルフはすべてを知って、動いていたのだから。

「どうして、俺に腰の銃を奪わせた？」

ラインハルトは訊ねる。暗殺者として送り込まれた男に銃を渡すなど、正気の沙汰とは思えない。

「お前だけでも、助かる可能性を、残したかったからだ」

銃を渡したのは、ルドルフがもし死んだとしても、ラインハルトだけは助けたかったから？　ラインハルトだけでも、生き延びればいいと。

ギュンターは絶対に一人にはならなかった。射撃の腕にも秀でた人間で、護衛を固めていた。滅多なことでは油断しないギュンターに、さすがにルドルフも手を焼いていた。

隙を作る瞬間、それを狙っていたのだ。

家族を人質に取られた状況の中で、最善の方法を考えていた。

ラインハルトがルドルフを撃つ可能性を、考えはしなかったのだろうか。いや、もしかしたら最初から、ルドルフはラインハルトを信じていたのかもしれない。

だから、銃を渡したのだ。

「軍部を制圧するというのなら、俺の力も必要だとは思わないか？」

ラインハルトは言った。

「この傷が治るまで、…そばにいさせてくれ」

先ほど傷口にキスしたせいで、口唇は血の味がした。床に滴った血の薔薇を思い出す。

薔薇はローゼンブルグの王族に、特別な意味を持つ。正式な求愛、それは薔薇と共にある。

薔薇を贈られることは似合わないけれど、想いを薔薇に託すことはできる。薔薇を用意して彼に求愛するのもいいかもしれない。

けれど、薔薇を用意しなくても、自分たちにはいいのかもしれない。

人の心に咲く薔薇、心の薔薇、そういうものもあるのだ。

見えないから、信じられないから、だからこそ、その薔薇を咲かせるのは大変な困難を伴う。心だけで繋がっているあやふやで壊れ易いもの、けれど結ばれればそれは、何より強くなる。なくなりやすいけれど、強い心の薔薇、それをずっと、咲かせ続けたいと、ラインハルトは思った。

プロポーズは自分から。本心を告げず騙してばかりのこの男を、たまには驚かせてみせる。そうラインハルトは決めていた。


甘い余韻に浸る。初めて、ラインハルトは自ら受け入れ、声をあげ、限界まで悶えた。

牡芯を咥え込んだ花は充血し、しっとりと放たれた精に濡れている。

「言えよ。なぜ別れるとき、最後に俺にあんなことを？」

ずっと訊きたかったことを、ラインハルトは口に乗せる。

「俺も、お前を抱いた想い出があれば、これから先、どんなことがあっても耐えられると思った。何があっても。お前を抱いた時、…お前を傷つけた代わりに、お前が傷ついた以上の傷をこの身に受けても、お前を守ろうと誓った」

ライフェンシュタインに戻ったルドルフは、それからローゼンブルグを従わせようという軍部と対抗する力を得るために、王位に就いた。権力欲のない男の真実はすべて、ラインハルトのためだった。

王位に就くまでの道のり、平坦ではなかったその壮絶さは、想像するに余りある。

その苦労はルドルフ本人にしか分からない。そして、ルドルフは決して、己の辿った苦労を人に告げることはしないだろう。けれど、ラインハルトには想像もつかないほどの、苦難の道のりであったに違いない。

「俺は所詮庶子だ。王族とはいえ末席で、王位継承権から近い王族から無視された存在だった俺にとって、本国に戻れば王位が約束されているお前は、輝かしく見えたよ。華やかで闊達で、ロイヤルという名に相応しく見えた」

肩を並べられる男になりたいと、それがルドルフのすべてだったと告げる。

憧れを、抱いていたのだと。

「学生時代も、お前の周囲にはすぐに人垣ができた。明るくて花のようで人気者で、そのお前が、つまらない俺をどうして、友人としてそばにいさせたのか。お前と友人になりたいという人間は山ほどいた。その中で俺を選び、近づいても嫌がらないと知ったとき、俺は夢のようだと思ったよ」

そんな大層な人間とは思えないのに、ルドルフは眩しいものを見る目つきでラインハルトを見る。

そしてなぜか、ハンスではなくルドルフまで、ラインハルトを華やかな花のようだと称する。

薔薇の棘、誰からも嫌われ、触れれば棘に刺され指を引っ込める。そんな存在だと、己を思っていたのに。

「お前の姉が大国に婚姻を申し込まれたと聞いた時、お前もその美貌だ。いつ、他の大国に狙われるんじゃないかと、気が気じゃなかった。俺に力があったなら、俺もお前を手に入れようとしていたかもしれない」

あの時『お前のその美貌も』、言いよどんだ言葉の先の意味を知る。

「俺が王位に就けば、お前を手に入れることもできる。そうも思っていた。夢物語に過ぎないくせに、咽喉から手が出るほど、王位が欲しいと何度も夢に見たよ。強欲な男だ、俺は」

「いや」

ラインハルトは否定する。

彼が王位に就いたのは、権力欲ではなかった。

ライフェンシュタインの軍部が、ローゼンブルグを狙っているのを、ルドルフは知ったのだ。そして、わざと、己を苦難の道に落とし込んだのだ。

ルドルフがラインハルトを抱き、貶める行為を向けなかったら、ラインハルトは敵だらけのこの国で、真っ先に殺されていただろう。ルドルフは己を盾にして、ラインハルトを守ったのだ。そのせいで、ラインハルトにまで憎まれることになった。

味方に囲まれていると思ったルドルフは、本当はラインハルトよりも敵に囲まれていた。ずっとそばにいて、そして味方であるはずの人々が、実は敵であるという不安と孤独、それは、最初から敵であるという諦めの中にいるラインハルトよりも、一層強いだろう。

彼の味方は、敵でしかなかったのだ。

父王をギュンターに奪われ、けれどラインハルトを助けなければならない、板挟みの孤独に蝕まれながら、それに耐えうることができたのは、ルドルフの強さだ。

ラインハルトはハンスを人質に取られ、ルドルフを暗殺しなければならないと思い詰めていた。でも、ルドルフは、ラインハルトを助ける方法を、考えていたのだ。

ラインハルトよりもずっと広い。そして、家族を奪われた悲しみと、一人で戦っていたのだろう。

王位に就くためにも、そして王位に就いてからは軍部にも疎んじられ、味方のいない王位、そして憎まれている相手しか、ルドルフには想う相手がいなかったのだ。

想像するだけで、心底冷え冷えとした感情がラインハルトを取り囲み、ラインハルトは身を震わせた。

彼の孤独と受けた傷を、今度はラインハルトが癒したいと思った。

彼の行動のすべては、ラインハルトのため、それほどの強い想いを向けられて、ラインハルトの胸が強く疼いた。

「俺が憎いか？」

こうして身体を重ねているくせに、ルドルフは訊くのだ。嫌ならば、受け入れるわけがないだろうに。

「ああ」

ラインハルトが答えれば、ルドルフは動揺したようだ。

「一つだけ、許せないことがある。俺を抱いたことでもなく、本当のことを言わなかったことでもなく、ハンスのことだ」

「ハンス?」

ルドルフは虚を突かれたようだった。だが、ラインハルトを抱いたことは許せないことではないと知らされ、安堵したようだ。

「あんな男にハンスを好きにさせるのを許すなど」

可愛らしいハンスの蕾を散らし、淫猥な快楽に貶めたのは許せない。

「ああ、そのことか」

「そのことか、じゃない」

ラインハルトは憤慨して言った。すると、ルドルフは答えた。

「最初にハンスに目をつけたのは、ギュンターだ。彼の命令には、さすがに俺もあの段階で逆らうのは得策ではないと思っていた。あの男は慣れない身体を抱くほうが好きらしい。せめて、とっくに他の男のものだということが分かれば、ギュンターも諦めると思ってな。困り果てていると、エーリヒが立候補した」

「何だと?」

ラインハルトは眉を寄せる。

「エーリヒが?　なぜ?」

「さあ。あの滅多に人に執着しない男が、なぜかハンスを手に入れる時だけは頷いたな。

俺が命令する前に、動いていた。後からハンスを抱いたと知らされ、俺も驚いたよ」

ルドルフはどうやら、最初は本当に知らなかったらしい。

エーリヒがハンスを手に入れたのは、彼の独断だったのだろうか？

「ハンスの身体を早急に男に抱かれるのに慣らし、ギュンターの興味を削ぐ狙いは果たせたが」

ルドルフも不思議そうだった。

「あいつは、俺の腹心であっても、何を考えているかよく分からないところがある。冷酷であいつが人に執着したところなど、見たこともない」

「…そうなのか？」

「まあいいだろう。今は他の男のことを考えるな」

エーリヒのことばかり話すラインハルトを、ルドルフは軽く睨む。

ローゼンブルグの独立が脅かされ、それを守るとき、伝説が生まれる。そのために払った犠牲は、互いに大きなものとなったけれども。もっと大きなものを、手に入れられたのだ。

「今度、お前に薔薇を贈ろう。お前に相応しい薔薇を」

「相応しい？　そんなものはない。せいぜい俺に合うのは棘くらいだろう」

ラインハルトが自嘲気味に言えば、ルドルフは本気で分からないといった顔をする。

「薔薇の棘？　確かに、滅多に触れさせない高慢さと触れることもできない高貴さは、お前のようだが。だからか？」

易々と人を近付けない高嶺の花と、ルドルフはラインハルトを称する。

物騒な血溜まりでできた薔薇、それを思い出す。

でも流した血は、今度から互いの口唇で癒すことができる。ラインハルトの掌についた傷に、ルドルフは口唇を寄せる。

ラインハルトの中で、ルドルフのものが大きくなるのが分かった。

「あ……また、か…？」

「嫌か？」

首を横に振り、身体から力を抜く。ゆっくりと両足を開いてラインハルトが誘惑すれば、ルドルフがラインハルトに覆い被さっていった。

〜エピローグ〜

軍部が制圧され、ラインハルトはルドルフの元にいた。まだこれから、やることは山積みだ。力を合わせて、様々な困難に立ち向かわねばならない。けれど、二人で力を合わせれば、何でもできそうな気がした。

執務室から出た途端、エーリヒと擦れ違う。

ラインハルトはこの男にはあまりいい感情を抱いてはいない。

けれど、間接的にこの男がハンスを軍部から守っていたことと、ギュンターの部下に狙われたときに助けられたという借りが、ラインハルトに拳を繰り出すのをためらわせた。

口を開くのをためらっていると、立ち去りかけたエーリヒが軽く振り返る。

気配に気付きラインハルトが足を止めると、彼は言った。

「さすがはラインハルト様ですね。ギュンターの前でも、堂々としていらした」

「…俺も、お前にはてこずらされた」

ラインハルトがどうしても戦略的に打ち崩すことができなかった戦術は、エーリヒが打ち立てたものだということを知らされていた。

「銃を構えた姿、素晴らしかったですよ」

心から感嘆しているとは思えない。彼の感情の抑揚は分かりづらい。

国の再建には、彼の能力は必要だ。食えない奴だが、実力は認めている。

「いつ国にお戻りに？」

「ハンスが帰りたいと言えばいつでも」

ラインハルトは苦々しい思いで答える。

「それでは、なかなかお帰りになれないかもしれませんね」

含んだ言い方をするが、うっすらと上質な笑みを浮かべたままの鉄面皮《てつめんぴ》は崩れない。

一つだけ、まだ解決していない問題があった。

ラインハルトは、ハンスの相手として、この男を認めてはいないのだ。再三この男はやめろと忠告しても、いつもは素直なハンスが、これだけはラインハルトの命令を聞こうとしないのだ。

「ラインハルト様がお先にお帰りになっては？」

エーリヒがまるで追い払うかのように言う。

邪魔者扱いをされるなら、この場に居座ってやるのが一番の報復だ。

ハンスの身体を慣らしたのが、この男だと思えば腹立たしい。

「それとも、何か他にここに留まる理由がおありですか？」

（分かっていて、この男…っ）

ラインハルトは内心で苦虫を噛み潰す。

「別に、何もないさ。さっさと後始末は終わらせて帰りたいと思っている。ここはまだ敵だらけで息が詰まる」

敵、と言いながらラインハルトはさりげなくエーリヒの上に視線を落とした。気付いているくせに、エーリヒはとぼけて一般論にすり替える。

「敵がいるというのは、気のせいでは？　和平交渉はうまく進みましたし。あなたでもそんな疑り深い見方をするんですね。意外です」

やはり、この男は苦手だ。本音を隠した会話は、疲れるだけだ。

一難去ってまた一難とはこのことだろうか。悩みは一つ解決すれば、もう一つすぐに来るものらしい。そのせいで、前の悩みを忘れられるものだけれども。

「ハンスは今どこに？」

「私のベッドの中に」

「っ！」

「そう言えばよろしいんですか？」

眼鏡に、エーリヒが指を掛けて鼻の上で直す。クールな表情から、感情を読み取ることができない。
　本当の意味での戦いは、これからかもしれない。

あとがき

皆様こんにちは、あすま理彩です。このたびはプリンス・シリーズ連続発刊ということで緊張しておりますが、とても光栄に思っております。様々な世界観をこれからも展開していきたいと思っています。ちなみにこれは製作秘話ですが、王族の皆さんは本名が別にあります。ですのでユーリもジークも、実は本名ではありませんが、王族ではありませんが、ヴォルフも本名は違います。ユーリはユリウス、ジークはジークフリート、ヴォルフはヴォルフガング、アルフはアルフリート、等の真名があります。いつかその設定も生かせたらいいなと思っています。今回の主人公たちも、色々悩みながら大きな幸せを掴みました。困難の最中に人間は学ぶ好機を与えられていると思いますし、それを乗り越えた後に、自信と幸せを掴むことができるのだと思います。幸せになるには努力が必要です。私も自分を磨く努力を楽しみながら、日々を過ごしております。目標としている素敵な女性像には、まだまだ遠いですけれども。いい作品のために、努力を続けてまいります。

かんべあきら先生、担当様、出版社の皆様には本当にお世話になりました。そして何より読者の皆様に心からの感謝を込めて。今までのプリンスもお願いいたします。あすま理彩

激愛《げきあい》・プリンス
～愛《あい》と裏切《うらぎ》りの軍人《ぐんじん》～

プラチナ文庫をお買いあげいただき、ありがとうございます。
この作品を読んでのご意見・ご感想をお待ちしております。

★ファンレターの宛先★

〒112-0004　東京都文京区後楽 1-4-14
プランタン出版　プラチナ文庫編集部気付
あすま理彩先生係 / かんべあきら先生係

各作品のご感想をWebサイト「Pla-net」にて募集しております。
メールはこちら→platinum-review@printemps.co.jp
プランタン出版Webサイト http://www.printemps.co.jp

著者——あすま理彩（あすま りさい）
挿絵——かんべあきら（かんべ あきら）
発行——プランタン出版
発売——フランス書院
〒112-0004　東京都文京区後楽 1-4-14
電話（代表）03-3818-2681
　　（編集）03-3818-3118
振替　00180-1-66771
印刷——誠宏印刷
製本——小泉製本

ISBN978-4-8296-2358-9 C0193

プラチナ文庫
Platinum Label
エゴイスト・プリンス
～秘められた恋～
あすま理彩
イラスト／かんべあきら
下僕、
美貌のプリンスを襲う!
高慢で美貌の皇太子リヒトは、馬鹿にしていた護衛ロルフに陵辱されてしまう…！　犯されたことを黙っている代償にロルフが命じたのは「下僕」になることだった。史上最強のロイヤルロマンス!!
●好評発売中！●

Platinum Label
プラチナ文庫
Platinum Label
あすま理彩
イラスト／かんべあきら
ダンディ・プリンス
～一生に一度の恋～
お前を幸せにするのは、
私の役目だ。
ある日ハインツに政略結婚の話が！　式までと知りながらウィルは全てを捧げた。だが抱かれるほど辛くて、身を引こうとするが、ハインツは狂おしい激しさで貫いた…!!
世紀のロイヤルウェディング！
●好評発売中！●